歴史の影に

忘れ得ぬ人たち

佐伯の末裔
千世童子
北畠顕家
武田松姫
堀ろく女
玉蟲左太夫
玉峯上人
若松賤子
西坂 豊

石川逸子
ISHIKAWA,Itsuko

西田書店

歴史の影に　忘れ得ぬ人たち

目次

歴史の影に

忘れ得ぬ人たち

佐伯の末裔　悪路王の宿怨

『常陸風土記』に、「野にも佐伯、山にも佐伯」と記された「佐伯《さえき》」。遠く海をわたって肥沃な関東平野に上陸してきた農耕民大集団が、容赦なく殺戮した先住民のことをそう呼んだのだ。あるいは「蝦夷《えぞ》」「国栖《くにす》」とも。

その佐伯の名を冠した神社が、茨城県東茨城郡御前山村野口（現・常陸大宮市野口）にある。知ったのは、谷川健一『白鳥伝説』中に、「その名からして蝦夷に因む神社であったにちがいない。」と記され、写真も載っていたからで。

益子に工房をもつ連れ合いの車で、十数年前に行ったときには、それらしい神社はみつかったものの、どこにも佐伯の名は見当たらず、やっと明治時代に献じられた石碑にだけ辛うじて「佐伯」の名があって、「ここだわ。でも、土地の人は佐伯神社だってことを避けているみたい。」「そうだな、まるで祭神がだれかを隠しているみたいだなあ」などと話し合ったのだった。

二〇〇七年一月、近々、個展を開く予定でいる連れ合いの工房に寄ったのち、烏山にある国民宿舎「わらび荘」に泊まる。次の朝、雲海の上に上ってきた日輪をおがんだあと、佐伯神社へ、久しぶりに行ってみようということになる。

那珂川べりを下る途中、道路地図を見ていると、那珂川橋を少し北上したところに、「国神神社」という神社があるのを見つけ、寄っていく。国神すなわち「くにの神」とは、土着の神、ひょっとして先住民の神なのでは？

国神神社は、鬱蒼とした樹木にかこまれた小高い丘の上にあった。鳥居に「国神神社」と記した額が掛けられているだけで、祭ってある神々の名は、どこにも記されていない。全体のたたずまいが、佐伯神社にそっくりで、佐伯の末裔たちが祭った神ではないかと思える。

拝殿のうしろに、みごとな彫刻をほどこし、屋根も堂々とした本殿がある。

その彫刻をよくよく見ると、東がわの彫刻は、波頭に勇壮なワシ、西がわは大きな鳥。まさに漁労、狩猟を表しているようだ。

豪壮な波頭は、先祖たちがかつて暮らしていた海辺の暮らしの追憶ではないのか。

「破風に顔が描いてある！」

連れ合いが声をあげ、見ると、山姥とおぼしき顔がハッキリ描かれている。

家に帰ってから、白川静『字訓』で引いてみると、「くにつかみ」は、「その土地の霊的な支配者として祀られる神」あるいは、「天孫系に対して土着の神をいい、ときにはその地の支配者」を呼ぶとある。

国神神社から佐伯神社まで、約七十キロ。住みよい海岸べりを追われた先住民が、まとまって暮らしていた地なのかもしれないな。納得した気になって、いよいよお目当ての佐伯神社に向かう。

街道沿いに、うっかりすると見落としてしまう鳥居があり、ちょうど地区センターがあるので、その駐車場に車を入れ、鳥居の先をずんずん登っていく。

これも本殿ははるか遠く、高台にあり、アプローチの長さは呆れるほど。

国神神社と同じく樹木が茂る境内のなかの細い道を行くと、やがて両側が開け、東がわは開発されて住宅地、西がわは畑。姿は見えないが、鳥の声がしきりと聞こえてくる。

本殿に近づくと、すっかり整備されているのにおどろく。

「佐伯神社由緒記」という堂々たる説明板もできていた。

現在の宮司、楠正柞氏の営為である。

由緒記を読んでいく。

始まりは、大同元年（八〇六）、讃岐の僧、玄海が建立したと伝えられているとのこと。ちょうど空海が唐から帰朝してきた年だ。

「この地に来て、佐伯氏の祖神を祀ったのであろう。佐伯氏の末裔は、代々讃岐に住んでいる。空海はその一族である。」

今のところ、玄海は、どの史書にも出ていないようだが、空海の縁筋だったのであろう。

関東の佐伯たちが、ヤマト朝廷の懐柔によって播磨、讃岐、伊予、安芸、阿波五カ国に住むにいたったいきさつは、『日本書紀』景行天皇の代五十一年に、出てくる。

ヤマトタケルは捕虜として連れてきた蝦夷たちを熱田神宮に奉る。しかし、彼らは日夜さわいで無礼なため、神宮を守るヤマトヒメに、ここに置くな、との神託が下る。やむなくヤマトに連行させ、三輪山のほとりに置いた。そこでも騒ぎ、神山の木々をことごとく伐り、あたり一帯に呼ばわって農民たちを脅かしたため、ここにも住まわせられない、ということで、景行天皇は群臣に命じ、蝦夷たちの願い通りに、ヤマトの外の五カ国に住まわせた。これが、佐伯部の祖先にあたる、と。

ヤマトタケルが、関東まで征服したとの神話は、もちろん粉飾で、そのころ、景行天皇、オオタラシヒコ大王の勢力範囲は、よくてせいぜい東は美濃あたりまでだったろう。

関東平野のうち、上野一帯との交流はあったとしても、ヤマト朝廷が、下野、武蔵、上総、下総、常陸の豪族たちを制覇したのは、乙巳《いっし》の変（六二一年）以後と見て、間違いない。

蘇我氏との戦いに敗れ、東にのがれてきた物部氏と組むことで、関東のおおかたを束ねることに成功した常陸の中臣鎌足が、ヤマトにあらわれ、孝徳大王や中大兄皇子と組んで、蘇我氏を倒したとき、ようやくヤマト朝廷の勢力は関東一円におよぶ。

クーデター以後の朝廷の施策が、関東に特に焦点をあて、しかも内情に実にくわしいのは、そのためだ。

鎌足の次男、藤原不比等は、舎人親王が『日本書紀』を編纂するにあたり、父の鎌足の出自が常陸であることを伏せさせた。ヤマトにあっては、アズマは未開だと蔑まれる地であり、朝廷を牛耳っていくためには、アズマの出であることが不利だったのだろう。

ただ、表向きは隠しても、わが神、わが誇らかな歴史は、ひそかにでも残しておきたい。

そのために、大胆なことを不比等はやっている。

ヤマトの神話に、巧みに関東の神話や史実をすべりこませたのである。

中臣氏の祖が仕える一大部族が、渡海してきた関東で、死闘のもとに倒した「大みか国」のリーダー、ミカ星を、ヤマトで倒された神にしてしまったのもその一つ。

早くからアズマがヤマト朝廷の支配下にあったことにするため、ヤマトタケルの東征も、アズマまで来たことにもした。

景行天皇四十年の蝦夷についての記述もその一つで、鎌足がおこなったことを、歴史を遠くさかのぼらせ、古のできごととして『日本書紀』にとどめたのではあるまいか。

蘇我入鹿を倒すときに、鎌足は、二人の若者を「武勇強断、鼎《かなえ》をもひしぐ腕力」だと推挙している。その一人は佐伯《さえき》連子麻呂《むらじのこまろ》であり、恐らくアズマに鎌足がいたとき、その利発さに目を留めてかわいがり、ヤマトへ連れてきたのであろう。

クーデター後、鎌足はクーデターを成功させてくれた自分たちの神、鹿島大神への感謝をこめて、「神の宮」、はじめて神殿を造る。

その大規模な神殿造りに、佐伯たちが、労働力として使役されたのであろう。子麻呂が、その指揮をするよう命じられたのかもしれぬ。

しかし、カシマの森は、古来、佐伯たちにとっては神聖で神の住まう聖地であり、もともとはミカサ山と呼ばれ、そこには神の磐座《いわくら》、「要石」が置かれていた。

(奈良の春日神社は、西暦七六八年、藤原氏が鹿島大神の分霊を移したものであり、神域になっている三笠山は、このミカサ山の名をそのまま取って付けたものだ。同じ名を充てることで、神の力も移ってくると考えて)

鹿島神宮の森の奥深くに今もある、中心が少しへこんだ要石は、佐伯たちの信仰の対象であり、一方、渡来してきたものたちは、その森を自分たちの神、鹿島の大神の住まう場所として拝んだ。

神殿などという人工物が建つ以前は、二つの信仰は辛うじて両立できたというのに、佐伯たちの目から見れば醜い建造物を建て、神の森を汚すために働け、といわれては我慢も限界だ。

こればかりは従えぬ、佐伯たちがさわぎだしたのは無理もなかった。

佐伯たちがさわいだのは、三輪山ではなく、鹿島のミカサ山だったのだ。

群がりあつまった佐伯たちは、建てかけの神殿を一挙破壊する行動に出たのであろう。

しかし、ヤマトの軍事力の前では佐伯たちの勇猛もおよばない。反乱は押えられ、首謀者たちは捕らわれる。

そこでの経緯は「ヒタチ風土記勝手考・その14」(「兆」94所収)に次のように記したことがある。

「中大兄の忠実な部下となっていた佐伯子麻呂などは両者の板ばさみとなって、苦悶し、捕らえた反乱の首謀者たちの延命を必死に中大兄に願ったことだろう。

『温情をかけていただければ、いずれ大きな才能あるものたち、大王のために力を尽くすようになりましょう。どうか命を助け、遠くアズマから離して、ヤマトより西の地に流してください。不穏なことがないよう、私が命にかけて監督いたします。』

鎌足も、子麻呂の意見に同意する。

ヤマトの豪族たちに対抗していくためには、山林を自由に飛びまわるゆえに視野も広く、関東・東北に仲間を持つ佐伯たちの智恵とネットワークが必要であり、首謀者たちを西のいくつかに分けて住まわせてしまえば、アズマの地の佐伯たちの懐柔も容易だろう。

鎌足は、捕らわれた反乱の首謀者たちを手厚く遇し、おだやかに説いたろう。

『あなたがたの気持ちはわかります。しかし、今なにが起きているか。私たちは、百済をほろぼした巨大な唐の国と新羅の国を相手にしています。もし彼らに私たちがやられたら、彼らは当然、あなたたちをも徹底的に制圧するでしょう。私たちは、あなたたちとの共生を心がけようと思っています。彼らはちがう。あなたがたを蛮人として、掃討し尽すにちがいない。どうです、私たちと手を組み、新しい国造りをしてくれませんか』

諄々と説く鎌足に、真っ正直な佐伯たちの心はゆらいだ。いつか、『この方のために』という気持ちにおおかた変わっていったのだった。あくまで懐柔をこばみ、死をえらんだものもあったろう。しかし大方の首謀者たちは、鎌足に忠節を誓い、新政権からつかわされた新豪族として五カ国に散らばり、やがて新文化を吸収しつつ、新ヤマト朝廷の貴重な懐刀となっていった……。」

五カ国に散らばされた佐伯たちは、その歴史をひそかに子々孫々語り伝えていったことだろう。讃岐の僧、玄海は、公用でアズマの地におもむくことが定まったとき、（わしらのご先祖は、野口というところからこの讃岐に連れて来られ、刻苦のうちに繁栄を築かれたのじゃ、アズマへ行くなら、野口にはぜひ顔を出し、祖霊にわしらのことをお知らせ申し上げてもらいたい）と一族の長老から、おごそかにたのまれて、半信半疑ながら、八溝山系の奥深くにある野口の里へ尋ねていったのではなかろうか。

野口の古老から、（昔になあ、わしらのために、ヤマトにたてついたえらい方がおられて、捕らえられ、どこか遠くへ流されなすったと聞いておりますだあ。そのお方のご無事をねがって、今でも、あのこんもりした森の奥で、年に一度、この在のものが集まって、神さんに祈りをささげ、踊ったり御酒を飲んだりしますだよ、へえ）という話を聞いたとき、玄海の胸はどんなに高鳴ったことか。

古老たちのほうは、ふいにあらわれた、えらい坊様が、「そのお方こそ、私のご先祖にまちがいありませぬ」といいきったとき、腰をぬかすほどおどろいたであろう。

感泣した玄海は、森の奥に案内してもらい、祖神に長い間の無沙汰を詫び、この地のひとびとを、讃岐にわたった自分たち一族をも、今後も守ってくれるよう、おごそかに祀りをおこなったにちがいない。

野口のひとびとは、いかにもうれしく踊り舞い、猟で取れた鹿や猪を神への供物として、祈りをささげたことであろう。

以来、いよいよその地は聖地となり、やがてもっともらしい神々を祭神として祀るようになる。ついには武術・農業・学問の三守護神が祀られ、「佐伯三社大明神」と呼ばれて、ますます遠近の村々から尊崇される大社となっていった。

由緒記によれば、一三三六年には、常陸大掾《だいじょう》氏十四代城主平高幹が、朝敵征伐を祈って常陸国朝妻郷《あさづまごう》の土地十五町一反歩を寄付している。

朝廷によって征伐された佐伯たちの祖神が苦笑しそうである。

江戸時代には二代将軍徳川秀忠が、八十五万石を朱印地として社領に寄せ、水戸のご老公、徳川光圀は神鏡一面を奉納している。

すぐれた考古学者であった光圀は、この神社の成り立ちを調べ、ほほう、と手を打ったかもしれない。

ゆかりのある神社をすたれさせてはならぬ、こう思った光圀は、尊崇する楠正成の末裔に声をかけたのではなかろうか。

というのも、光圀は、楠正成の前半生が、不明であることをつかんでおり、彼のみごとなゲリラ戦法が、山のひとびと、商人集団や芸人集団らの智恵であることも、おそらく見抜いていたろうから。

脈々と日本列島のなかにつながれてきた農民ではないひとびとのネットワークが、正成の戦法となって結実したにちがいない、そう喝破した光圀は、もちろん『常陸風土記』も読んでいたろう。守護・地頭の権限を強大にした鎌倉幕府に牙をむいた正成は、ゴダイゴ天皇という権威にたより、ゴダイゴのほうは「悪党」の正成らを利用することで、権力をえようとした。

佐伯神社は、すでに、「朝敵征伐」に霊験あらたかな神に変身している。となれば、その宮司を楠正成の末裔にやらせるのも一興、と光圀は思ったのではないか。

以後、佐伯神社の宮司は、代々、楠家によって継がれてきたようだ。

境内には、これも新しく、野口地区、伊勢畑地区二つの戦没者鎮魂の石碑が大きく建立してあった。

階級順でなく、アイウエオ順になっているのが好ましい。

ヤマト政権の末裔のために、再び、この地区の若者たちは、遠く中国、太平洋の島々にまで連行され、死んでいったのだ。

ごおうっという叫びが、石碑のなかから聞こえてくるようであり、悲泣とともに、遅い鎮魂をよろこんでいるようでもあった。

ようやく佐伯神社をあとにして、那珂川沿いをさらに下り、国道一二三号を南下して、圷《あくつ》支所前を右折、高久《たかく》（現・東茨城郡城里町）の鹿嶋神社へ向かう。

これも以前行ったことのある神社で、ここには「悪路王面形彫刻」があり、村の指定文化財になっている。

これも、かつて「ヒタチ風土記勝手考・23」（「兆」104）で紹介したので、まず、その中の一文を記そう。

「高久村は静かな静かな村。そのなかに神社はごくひっそりとある。社殿の前面にその彫刻を模したものか、悪路王の顔の絵が懸けてあるが、獅子奮迅の活躍後、髪振り乱して死に臨む、歌舞伎の舞台に出てくる荒武者の無念の形相のようだ。

案内板にいわく、

『悪路王面形彫刻

当鹿嶋神社の社宝。

延暦年間（七八二～八六六）、坂上田村麻呂が北征のおり、陸奥達谷窟でアテルイ（悪路王）を誅し、凱旋のみぎりこの地を過ぎ携えてきた首級を納めた。

最初はミイラであったが、これを模型化したものといわれる。高さが五センチほどで、形相物凄く優れた彫刻である。』

また、古びた板に記された文面の大意は、「悪路王の頭形は常州高久村安塚社中の所蔵するところであって、先君義公が修飾したものである。それより年久しく、また損傷したため、再び修飾を加え、本社に納めたものである。」と読み取れ、文政三乙酉（一八二〇）のサインがある。

つまり、ここでも悪路王の面形彫刻をもともと所蔵していたのは、「敵」の鹿嶋神社ではなかったのだ。高久村に、処刑された悪路王への敬慕があって、世々、大切に保存してきたと考えるのが自然だろう。

悪路王アテルイ。

『？—八〇二・八・一三　陸奥国胆沢地方の蝦夷の首長。七八九年（延暦八）征東大将軍紀古《きのこ》佐美《さみ》以下の将軍を迎え撃ち、勝利した。しかし、征夷大将軍となった坂上田村麻呂が八〇一年に征討をはじめると、翌年四月、磐具公母礼《いわぐのきみもれ》とともに五〇〇人を率いて降伏した。七月、京に送られ、田村麻呂の助命嘆願の甲斐なく、八月に河内国杜（椙）山で斬首された』（『日本史広辞典』）

達谷窟で、斬殺され、そのミイラが高久村に納められたとはもとより伝説だが、伝説がうまれる素因が高久村にあるにちがいない。」

こちらの神社は十数年前に来たときと変わりなく、ひっそりとしたたたずまいのままであった。本殿正面に飾られた額「鹿嶋大神宮」の右隣に、掲げられた悪路王の絵図。ぐあっと見開いた二つの目玉が、隣の鹿嶋の神を怨み、嘲笑う。くっと開いた口は、〈死しても食らいついてやろうぞ〉と叫んでいるように見える。

本殿の真裏に、小高い丘があり、枯れ葉の上に、ごく小さな石祠があって、石尊という木札が中に置かれていた。

ひょっとして、この丘の下には、遠い昔、この地でヤマト朝廷の悪政にあらがって反乱し、処刑された佐伯のリーダーが、埋められているのではなかろうか。

佐伯らのなかで、そのリーダーは、「あのお方こそ、われらが悪路王さまだっぺよ、そうだ、悪路王さまにちげえねえだ」との信仰に変わっていったのではあるまいか。

その不穏な空気を静めるべく、役人らは、ここに鹿嶋神社を勧請する。鹿島大神の力で、佐伯らの信仰を崩そうとはかったのだ。

が、どっこい、そうはいかない。

もともとは「われらが悪路王さま」の墳墓だったことを伝えるべく、智恵のあるものが相談し、仲間の優れた木彫り師にたのみ、彼は心血をこめて、せっせと悪路王の面形を彫り上げていったのであろう。

役人らへの怨念と、処刑されたリーダーへの敬慕をこめて。

今瀬文也・武田静澄『茨城の伝説』によれば、やはり八溝山系の桧山（東茨城郡御前山村）にも、標高一〇〇米の山上に、鬼渡神社があり、武甕槌命《たけみかづち》がそこで鬼を征伐したとの言い伝えがあるという。

これも実際には、そこで処刑されてしまった佐伯らの墓碑があり、それが「鬼」へとすりかえられていったにちがいない。

八溝山系の真っ只中に今も残る「佐伯」たちの痕跡。

恐らく海から大挙上陸してきた一大農耕集団に攻められた彼らは、果敢に戦いながらも、押され押され、あるものは、八溝山中に、あるものは奥羽へ、居を移していったのであろう。そのなかで、冬は狩猟の暮らし、他の季節は畑仕事へと暮らしの様態も変わっていったのではなかろうか。

つぶされても　つぶされても
消されない　叫びがあって
すりかえられても　すりかえられても
消されない　歴史があって
日が沈めば
闇のなかでさわぎだす　年古りた樹木たち

（聞いたよ　ああ　聞いたとも）
（伝えたよ　ああ　伝えたとも）

日が昇れば　すまして何事もなかったかのように
ふふ　こうして幾千年が　過ぎていくのさ

▽この文を書いてから、はや十年が経ってしまった。高久村の（悪路王）は、今もぐあっと目を大きく開け、いよいよ奇怪になってきた世をにらんでいるだろうか……。

千世童子

前九年の役、十三歳の初陣

千世童子《ちよどうじ》。

千年に一人しか現れない、と奥州人たちから、嘆賞して呼ばれた、少年。

その名は、作者不詳の軍記物語『陸奥話記《むつわき》』に、わずか四行ほどあらわれて終わる。

『陸奥話記』は、陸奥国から奏上された国解（公文書）と、前九年の役（一〇五二年～一〇六二年）にくわわった武将たちから聞いた話により、執筆したと、文の末尾に書かれており、千世童子の名は、おそらく、武将たちの口から畏怖をこめて、語られたのであろう。

「まこと、たぐい稀なる凛々しい少年でござったよ」

「そうそう、都にもあれほどの器量の少年はおらぬな」

「胆力もまたたぐいなし、と見えたわ」

千世童子は、奥州六郡を統括した俘囚《ふしゅう》の長、安倍一族の御曹司で、父は安倍貞任。祖父は安倍頼時。

少年が七歳のとき、ヤマトと奥州との合戦が少々だが、起きている。

ヤマト国陸奥守兼鎮守府将軍として奥州に赴任していた源頼義が、任期最後の巡回中、その世話をしていた父、頼時たちとのあいだに起きた合戦で、発端は、巡回中の野営で、頼義の部下の役人が何者かに襲われ、死傷したことから。

頼義はきちんと審議もせず、ヤマトの役人・藤原光貞のいいぶんだけを聞いて、頭から頼時の長男・貞任を下手人扱いにし、捕らえて処刑しようとした。

光貞は、貞任が妹を嫁にしてほしいと言ってきたのを、俘囚の女など嫁にとれるか、と断わったため、きっと恨みに思ってやったにちがいない、と頭から賊は貞任だ、ときめつけ、頼義がまた、それを鵜呑みにしたのだ。

それまで頼時は、隠忍自重して頼義にしたがってきている。駿馬、金銭も惜しみなく、贈り、巡回中も、かゆいところに手が届くがごとくに、まめまめしく仕えてきたものだ。

一に、奥州六郡のひとびとの穏やかな暮らしを願うためである。

しかし、長男が殺される、とあっては、もうがまんできず、「たとえ死すとも、起たん」と、挙兵した。日ごろからヤマトの横暴に耐えてきた安倍一族はじめ他の奥州人たちにも異存はない。

ヤマトの役人のなかには、安倍頼時の娘を妻にし、頼時の婿となっていた藤原経清、平永衡らがいたが、役目を優先し、ヤマト方にくわわり、舅を討つ覚悟でいる。

ところが、銀のかぶとを着けた永衡を見て、ヤマト方の武士たちがさわぐ。内通するつもりにちがいない、と。頼義はこれにも容易く同意し、永衡と彼の腹心の部下四名をたちまち斬ってしまった。

おどろいたのが、巨理《わたり》の郡守であり、頼時の娘婿であった藤原経清。うかうかすれば自分も殺される、と悟って、八〇〇余名の私兵をひきいて、奥州方に走った。

かくては、ヤマト軍はとてもかなわず、一戦して負けるや、退散していった。

ヤマト朝廷では、武ばった頼義をきらい、別のものを鎮守府将軍にするつもりだったが、合戦があったとのうわさに、だれも彼もいやがり、受けようとしない。

やむなく頼義を任命するしかなく、復讐心にもえた頼義は勇んで一路、ふたたび奥州に向かう。

こたびは、正面からでは勝てぬ、と考え、奥州人の内紛を画策したものだ。

作戦は成功し、一〇五七年、頼義の家臣の甘言にのせられてヤマト軍についた奥地の俘囚の反乱により、さしもの安倍頼時も、流れ矢にあたって死ぬ。

時こそ来たれり、頼義は勇んで貞任を討つために出陣したのだが……。

十一月、ふりしきる雪のなか、食糧も絶え、人馬ともに疲れはてて、ヤマト軍は大敗する。頼義の長男、(八幡太郎)義家の獅子奮迅の活躍がなかったら、おそらく脱出は不可能だったであろう。

以後、ヤマトの勢力はすっかり落ち、奥州六郡ではヤマト発行の赤符は通用しなくなり、安倍氏発行の白符が、金券としてもっぱら流通することとなる。

　この合戦にこりつつも、六郡制覇の夢をすてきれない頼義は、俘囚を制するは俘囚にしかず、と考え、また画策をはじめる。出羽山北俘囚主《ふしゅうのあるじ》であった清原武則に、さまざまな贈り物や、屈辱的な協定までして、味方にとりこむという手に出たのだ。

　地の利に明るく勇猛な清原軍の助けを借りて、一〇六二年、またまた、貞任らとの戦いにいどむ。世にいう後三年の役である。

　なんと七陣中の六軍は、清原軍。残り一軍も、一陣・頼義、二陣・清原武則、三陣・陸奥国内官人であったから、一から十まで奥州人におんぶに抱っこの合戦といえよう。

　奥州人同士の合戦は、まさに死闘というべき凄まじさであった。その逐一は以前「奥州の合戦を尋ねて」でふれたゆえ、ここでは省こう。

　九月十五日、頼義・清原軍は、北の厨川《くりやかわ》の柵に、ついに貞任らを追いつめる。この柵が、貞任軍には最後の砦で、あとはない。

　外がわの二つの柵の内側は河で、河岸まで三メートルはある。その向こうはさらにしっかりした柵が築いてあり、柵の上は高殿にやぐらをかまえ、強兵がしっかと守っている。

　河と内側の柵のあいだには、堀が掘ってあり、底には刃が上向きに刺さっている。地上にはとがった鉄がばらまかれ、遠方に対しては石弓を発する。近く寄れば石を投げてくる。たまたま柵の下に近づけば、たぎらしておいた熱湯をふりかけてくる。

ヤマト軍が到着したとき、高殿の兵士たちは「戦うものはいざ、来たれ」と呼ばわり、そのうち、美しい女性たちが数十人、高殿に上ってきて、よく透る声で、合唱した。柵のなかで、十三歳になっていた千世童子も、その歌を聞いたであろう。その歌は、左のような歌ではなかったか。

それ　芹摘まばや
雪は消えつつ　あたたかな湿地に
歌いつつ　芹摘まばや

それ　花摘まばや
かの君と　のぼりし丘の
紫の　花摘まばや

それ早苗植えん　早苗植えん
楽人らの　吹く笛の音に
心はずみ　早苗植えん

それ　水を浴びん　水を浴びん
奥山の　清らの川に
魚のごと　水を浴びん

それ　稲刈らばや　稲刈らばや
老いも若きも　日沈むより早く
力合わせ　稲刈らばや

それ　猪狩らばや　猪狩らばや
雪ふみしめ　森のおちこち走りて
月に照らされ　猪を射止めん

女性たちの声は澄みきってどこまでも伸びていくようであった。

（母上もあの歌をよく歌っておいでであった。われは、あの歌を子守唄代わりに聴いて育ったのだ。だが、明日はいたましや、母上のお命も消えるのか）

明日の敗北を予感する千世童子は、剣をみがく手を休めて、歌に耳傾けながら、幼いときからかけめぐってきた古里のすきとおる川、時刻とともに刻々と変貌する山々の姿を想った。

自分たちはヤマトの地に攻めていきたい、ヤマトの地を乗っ取ろう、とおもったことなど、一度もない。はるか父祖の代から暮らしてきたこの地を慈しみ、この地で、生涯を全うしたいとおもっているだけだ。

(なのに、なぜ、ヤマトの男たちはおのが古里をあとにして、わざわざここまで攻めてくるのか。)

聡い千世童子にもわからない。

(ふしぎといえば、同じ奥州人でありながら、清原武則がヤマトに付いて、攻めてくるのはなぜか、これもわからない)

その疑問は片付かないままに、明日は自分の命も終りになるのだろうか。

(そういえば、あのことも、父上に伺わずに終ってしまいそうだ)

それは、他のひとびととは全くちがう父、貞任の風貌についての疑問であった。

おおかたの奥州人は、丈低く、はしっこく、髪はもじゃもじゃで、体中、毛深い。顔は概して丸く、目だけくりくりしている。

ところが、父の姿は違っていた。丈あくまで高く、でっぷりしたみごとな体格。身長は二メートル近くあるだろう。腰のまわりも広い。そして、抜けるように色が白い。鼻は高く、切れ長の両眼。

(われの先祖はどこからこの地へ来られたのであろうか)

「千世童子、なにを考えておる」

声をかけてきたのは、経清だ。

「叔父上、明日はわれも目覚しく戦います」

「そうよな、ただ、そのほうは若い。死に急ぐなよ。生き延びられれば生き延びて、再起をはかるがよかろう。このわれらが地を守るためにな」

「叔父上、叔父上はヤマト人。そのヤマトを捨てられ、奥州に与されるは、なにゆえでございますか」

もう尋ねる機会はないとおもい、聞きにくいことを千世童子は経清に問うた。

「ふむ……」

経清は、にやりとわらって、しばし沈黙し、やがてゆっくりと語った。

「それはだ、一言でいえば、ここ奥州には、ヤマトにない情誼があるゆえよ。ここでは、その出自にかかわりなく、一個のひととして、ひとに接する。身分も生地も、出自もかかわりない。

そなたの一方の先祖とて、遠い大陸で、戦に敗れ、追われてこの地にのがれきた。而して、やさしく遇されたのじゃ。」

経清はおもいがけず、千世童子がかねて疑問におもっていたことに触れたのだった。

(遠い大陸とは?)

そう尋ねようとしたときには、経清は立ち上がっていた。

「明日は早くから戦がはじまろう。もう休むがよい」

翌日の九月十六日、朝六時ごろから合戦ははじまり、城はその日一日持ちこたえた。城中からもあまたの死者がでたが、攻め手も数百人が死んでいった。

十七日、頼義はあらたな作戦に出る。

兵士たちに命じて、村という村に行って、家々のかやぶき屋根をこわし、運んでこさせると、城のから堀に埋めてしまったのだ。所詮、侵略軍でなければおこなえぬ所業である。

また、萱草をいっせいに刈らせて、どんどん河岸に積んだ。山のように萱草が積まれたところで、火を放つ。おりからの風で、火はぱああっと燃え上がり、柵を焼いた。

頼義はよろこび、自ら火のついた松明を持って、「神の火だ」といって、柵のなかになげこむ。と、たちまち暴風がおこって、炎は舞い狂い、煙がたちこめる。ヤマト軍の放った矢が、高殿の柵に刺さったかとおもうと、あちこちから放たれた火の矢が、城の各所を焼き、いっせいに城は炎に包まれた。

逃げまどう女性たちの悲鳴。城中は阿鼻叫喚の絵図がくりひろげられる。

もはやこれまで、と川に身投げするもの、わが身を刃で刺し貫くもの。

そこへどっとヤマト軍が攻めこんでいく。

城中のひとびとは、冑をかぶり、白刃をふるい、みるみる倒れていく。囲みを突いて外へ出ようとするものも生きられるとはおもっていない。

必死の抵抗にヤマト軍の死傷者も多くなってきたところで、清原武則が、囲みを解いて安心させ、外へ城中のものを出そう、と進言する。

囲みがとかれると、火の中からぞくぞくひとびとが走り出る。もう戦意をなくして、ただのがれようとする兵士も、ヤマト軍は横から斬って斬って、皆殺しにしていった。

怪我を負った経清は生け捕りにされる。

頼義は、面前に引き据えさせ、散々にののしった。

「そのほうは年来、わが源氏の部下であったというに、賊方に与するとは大逆無道。ふふん、わが前で、白符を使うてみせよ」

死を覚悟している経清は、一言も発しない。

頼義は、恐れ入ろうとしない経清の態度に押される気がして、憎さがつのり、なまなかな殺したでは満足できなくなり、わざわざ鈍刀で、首をぎざぎざに斬らせたのであった。

貞任は、剣を抜いてさんざんに戦っていたが、大勢に矛で突かれ、刺され、ついに倒れる。

絶命寸前の巨大な体は、大きな盾に載せられ、六人がかりでかついで、頼義の前へもってこられた。

頼義が、瀕死の貞任をおおいにののしるうち、蜂の巣のように全身を刺された貞任は、世を去った。享年三十四。

貞任の弟、重任も斬殺され、今一人の弟、宗任はこの場はのがれたが、数日後、降伏する。

さて、千世童子は城外に出て、目覚しく戦い、ヤマト軍の目を惹いたが、ついに捕らわれる。

引き据えられても動ぜず、涼しい目でしっかと自分を見つめている千世童子の容姿の、この世のものともおもわれない美しさに、頼義は心がうごいた。

貞任の長男で、千年に一人しか生まれない聡明な子どもであると将来を嘱望されて、千世童子、と名づけられた、と聞き、（いかにも）とうなずき、この少年だけは生かしておきたい、できれば寵童にしたいものよの、と考える。

頼義の心中を見破って、清原武則が、進み出る。

「小義をおもうて巨害を忘れなさいますな。生かせば必ず将軍に仇なしましょう。斬られませ」

（よくいうた。さすがは同じ奥州人ぞ）

千世童子はほほえむ。

そのほほえみに、頼義は自分の卑小さをみすかされたように動揺し、大声で命じていた。

「このものを斬れ、ええい、斬れっ！　斬れっ！」

千世童子、享年十三。

貞任、経清、重任の首は京にはこばれ、朝廷に献上ののち、河原にさらされる。千世童子の首はどうなったか。知るものはいない。

安倍宗任の末裔は、現総理とも聞くが、このことを千世童子が知ったら、どのような皮肉の笑いを一〇〇〇年近い後世に放つであろうか。

北畠顕家

後醍醐への諫状

北畠顕家《きたばたけあきいえ》は、南朝・後醍醐天皇に寵愛され、『神皇正統記』をあらわした北畠親房の長男。

この若者に、おや？　と着目したのは、奥州藤原氏初代御館《みたち》・清衡が、中尊寺建立にさいして仏前に奉った供養願文を、顕家が書写しており、その格調高いみごとな文字を、藤原亥次郎監修『中尊寺』で見、驚嘆したからで。

「東夷の遠酋の長」であることを堂々とほこり、いくたびもの戦役で倒れた彼我の死者を敵味方なく追悼している奥州人、藤原清衡のすぐれた願文を、ヤマトの長、後醍醐の寵臣である若者が、なぜ、心をこめて書き写したのか。

貴重な願文（国重要文化財）は、原文はすでに失われており、顕家、今一人、藤原輔方と、この二人の写本によって、後世の私たちは読むことができるのだから、その点でもこの若者に感謝せねばならない。

しかも、願文を写したとき、彼はわずか十九歳であった。で、顕家について少々調べてみると、彼の名が喧伝されるようになったのは、十三歳の春（元徳三年・一三三一）、後醍醐の北山行幸（西園寺公宗邸で）のさいの宴で、蘭陵の舞を舞ってからであった。

蘭陵王は、北斉の王、長恭をいい、あまりに美貌のため、戦いにおもむくときは味方の戦意を喪失させることを恐れて、獰猛な面をかぶって出陣したといわれる。

その逸話が中国で唐楽に採りいれられ、それを他の唐楽とともに、来日した林邑《りんゆう》（ベトナム南東岸およびタイの東部を占めたチャム族の王国）の僧、仏哲が、東大寺大仏開眼供養のさい、日本の若者たちに伝授したのであった。雅楽のはじめであり、その後、雅楽は、高麗楽、神楽、久米舞、東遊、催馬楽なども包含し、発展していくのだが……。

ともあれ、後醍醐はじめ列席の公卿たちは、獰猛な面をかぶって鋭く乱舞する舞い手が、蘭陵王にも匹敵する評判の美少年であると知っていればこそ、ことのほか興がったのであった。

『増鏡』は、この日の顕家の舞について、あらかた次のように記している。

「暮れかかるほどに、桜の花々の合い間に、夕日が華やかに移ろい、山鳥も感嘆の声を惜しまず鳴くなかに、蘭陵王がぐうっと派手な所作をするのが、言葉にあらわせないほどの興深さでございます。

感に堪えかねられたか、主上は、直衣《のうし》姿で、椅子にすわられ、笛を吹かれます。いつもに増して、天の雲にまでひびいていくような音色でありました。

宰相中将顕家卿が、入綾（同じ曲を反復演奏するなかで、その曲の舞の手をつづけながら、退出していく）を入念に尽くして退場すると、主上は呼び戻され、褒美の品を与えられます。

紅梅色の表衣、散りかかる桜に車をあしらい、顕家が着たら、さぞ映えるであろう衣装でございます。

顕家はその拝領した衣を左肩にかけ、お礼にひとさし、舞を舞います。右大臣源長通が、太鼓を打ちました。」

もう面はかぶっていないので、紫がかってきた入日のなか、涼しい目を輝かせ、ぽっと紅潮した頬で軽やかに舞う少年の舞は、さながら天から童子が降りてきたかのようであったろう。

しかし、この宴のあと、わずか二ヶ月後には、鎌倉幕府滅亡を祈祷したかどで、後醍醐側近の僧、文観、円観、忠円、近臣の日野俊基が六波羅に逮捕され、鎌倉送りとなる。激動の時代の最後の宴であったのだった。

ちょうど前年（一三三〇）三月、後醍醐は、東大寺・興福寺・延暦寺へ、大々的な行幸をおこなっている。これまで長く行幸していなかった寺々を、故事を尋ね往時と寸分たがえずにおこなったこの行幸は、だれが見ても朝廷の復権をめざし、いざというとき、南都・山門を味方につけようとの魂胆としれた。そして、後醍醐の長男、世良親王が病没し、その乳父《めのと》であった北畠親房が、出家したのも、この年である。

親房からすれば、怪しき僧、文観を重用し、怪しげな秘法を自らもとりおこなう後醍醐が、帝王の道を逸脱しているように思えてならない。（この君こそは真の帝王になっていただこうぞ）と懸命に養育していた世良親王に死なれて落胆し、出家したのだと『太平記』には書かれているが。

それでも、親房は、「父は出家するぞよ。そなたは、この家を継ぐものとして、怠りなく学問の道にはげめよ」と、顕家には厳命したことであろう。

一方、後醍醐は顕家のみごとな舞を見つつ、閨でむつみあった日々を思い出している。

蘭陵の舞を舞うと定まった日に、「今宵かぎり、もうこなたにうかがうことはありませぬ。」と、言い切った顕家の目のなんと妖しく美しかったことよ。「ようわかった、そなたがみごと舞うてみせるなら、われは笛を吹こうぞ。そこで、われらは一つになるのだ」顕家の体をほとんど痛めつけるようにもてあそびつつ、別れを惜しんだ後醍醐であった。

（さてもよう舞うたことよ）顕家の舞に堪能しつつ、（そうじゃ、やがて起こる合戦では、顕家に蘭陵王の面をつけさせ、出陣させてみたいものよな）後醍醐は、考え、ぞくりとした快感を味わっていたのではなかったか。


同年八月、幕府転覆をねがう祈祷を自らもおこなったことが露見し、笠置山にのがれた後醍醐は、ほどなく北条方によって捕らわれ、翌年（一三三二）三月、隠岐島に流されたものの、翌々年（一三三三）閏二月には隠岐を抜けだし、ずっと千早城でがんばり続けた悪党・楠正成や、赤松則村、幕府軍の大将でありながら寝返った足利高氏らに押され、怒涛の勢いで、京にもどっていた。

鎌倉では新田義貞が、幕府を攻め、北条一族は一同自刃して、頼朝以来の鎌倉幕府はほろびた。

後醍醐が勢いこんではじめた、世に「建武の新政」といわれる政治は、摂政・関白・征夷大将軍もおかず、いわばそれまでの「治天の君」と「征夷大将軍」が、さながら合体したようなものであり、守護のもっていた権限をちぢめて国司にもどし、諸国武士への指揮権まで、国司に与えた。これでは、北条得宗家《とくそうけ》（北条家当主の家系）専横に憤って立ち上がった武士たちが、納得するわけもない。

しかも、この合戦での恩賞の与え方も、合戦について無知な公卿がおこなうこととて、公平に欠け、情実が横行する。武士をたばねる力量をもった足利尊氏が中央政府からしりぞけられたことで、ひとびとは「尊氏なし」とうわさして、後醍醐政権が短命であることを予測した。

後醍醐が信頼する、若い公卿の千種忠顕、僧侶の文観らはにわかに手中にした権力に酔って、横暴となる。武勇にはすぐれるものの、政治力のない新田義貞だけを信任したこともよくなかったろう。

出家していた顕家の父、北畠親房は、後醍醐に呼ばれ、五歳になった義良親王の教育を命じられる。親房は喜ぶまいことか、これでまた、思いのままに帝王学を教育できると勇み立つ。

後醍醐は、顕家のことも忘れてはいない。

日野資朝の娘、菊子を顕家に娶わせている。

日野資朝といえば、後醍醐の意を体して倒幕に奔走し、無礼講をひらくなかで、倒幕のくわだてをすすめていった公卿。日野俊基とともにつかまり、佐渡島に流され、やがて処刑されている。

菊子から顕家は、資朝が処刑寸前に預かりの武士に、家族のもとへ届けてほしいと頼んだ頌《じゅ》を見せてもらったろう。

四大本主なく
五蘊本来空なり
頭をもって白刃に傾くれば
ただ夏風を斬るに似たり

資朝が処刑されたのは、一三三二年五月二十九日だから、ほんの一年前。

幼い日、父、親房を訪ねてきた吉田兼好が、資朝についてうわさしていたのを、顕家は思い出す。

「いやはや、日野資朝卿というは、まこと面白き公卿でござりますな。眉白く腰かがまった西大寺の静然上人が、ほほ、いかにも徳高い様子で参内されたのを、西園寺の内大臣殿が、なんと尊いお姿よ、と敬神されましたのに、かの資朝卿は、年を召されただけでありましょう、と言い放たれたとか。さらに後日、老いさらばえ、毛もはげかかったむく犬に『この気色尊く見えて候』と文をつけて、内大臣へ送られましたげな」

「これはこれは」

「そういえば、京極為兼殿があまりに羽振りよくなされたを、元のあるじ、西園寺実兼殿に妬まれ、関東に讒言されたのをご記憶でしょうか。そのおり、若き日の資朝卿は、あまたの武士たちに取り囲まれて六波羅に引かれていく為兼卿をごらんあって、『あな羨ましや、世に生きた思い出にあのようにありたや』と言われたとか」

「ほう、面白き仁があらわれましたの」

どうやら二人は、呆れながらも、その破天荒な資朝が気に入っているようだ、と幼い顕家は思い、その人物に会いたいとも思ったのだったが。

しかし、菊子にその話をすると、笑って、

「父はええ格好しいのところがありました。主上のお覚えめでたく、すべて思いのまま、いい気になったところがなかったとは申せません。命の終りをさとったときは、このようなはずではなかった、と悔いもおありだったのではないでしょうか。でも、気を取り直し、最後にはいさぎよく、頌のお気持ちになられたのでありましょう」

羽振りのよかったときにはちやほやと寄ってきた公卿たちが、父の逮捕後は、どんなに冷たく一家にふるまったか、その浮沈を味わってしまった菊子は、なかなかのリアリストであるのだった。

顕家はこの菊子をとおして、ようやく世間というものの見方をまなんだのではなかったか。

さて義良親王の教育係を命じられて欣喜雀躍した親房だったが、後醍醐は顕家を陸奥守に任じ、義良親王を擁して、陸奥国・多賀城へ下向し、陸奥・出羽両国を経営するよう、命じる。

一三三三年十月のこと。親房も当然、教育係としておもむくようにいわれるわけで。

親房は面白くない。

北畠家は、代々、和漢の道をきわめることで政務にたずさわってきたのであり、経済・武勇の芸、いずれもかかわったことはない、と拒む。

「なにを申す。公卿だけで国政をおこなう世にようやくなったのだ。文と武・経済、二つの道があるわけではない。古には皇子皇孫あるいは執政の大臣の子孫こそが軍大将になったのだ。これよりは、奥州において武を兼ねて皇家の守りをしてもらわねばならぬ」

後醍醐は、旗に手ずから銘を記し、おびただしい武器を顕家にさずける。

顕家になんとしても蘭陵王になってもらい、奥州を支配下に置いて、鎌倉を中心とする武家の勢力をおさえてほしかったのか。

北条氏の残党が、奥州に逃げこみ、再起をはかっているとの情報もあり、頼朝の奥州制覇以来、鎌倉武士らを面白くおもっていないはずの奥州人を味方につけるには、親王さまと美少年の公卿、顕家さまが最適でしょう、と、悪党で、山の者たちとも交流のある楠正成の助言もその影にあったろう。

公卿である北畠父子にはしたがう武士団があるわけではない。

後醍醐は、倒幕方について活躍した攝津源氏の多田貞綱を軍事・行政の長とし、また、その配下に甲州・波木井の領主、南部師行を付け、その一大武士団をひきいて顕家は出立したのである。

はたして、北条氏の残党が、奥州・持寄城にたてこもっていたが、貞綱、師行ら、現地で北条氏についで大きな勢力である斯波氏も、顕家方にくわわるなかで、落城。

戦がおさまったところで、北条得宗領を没収、手柄のあったものたちに分与する。

南部師行には、糠部、津軽四郡ほかの広大な地域を知行させている。

その間、指一つ動かしもしなかったろう親房は、その著書『神皇正統記』で、「彼国ニツキケレバ、マコトニオクノ方ザマ両国ヲカケテ、ミナ、ナビキシタガヒケリ」と記している。お気楽なものだ。


顕家らが出発するや、奥州をおさえ、長く武家政権の根城だった関東ににらみをきかせる、との後醍醐の戦略を見破ってか、足利尊氏が、関東守護のために弟、直義をおもむかせたい、ついては擁する皇子を頼む、と願い出る。後醍醐は、やむなく、こちらには成良親王を付けて下向させる。

精力絶倫の後醍醐は、皇子もうじゃうじゃいるから、こういうときは、都合がよい。

一応、奥州がおさまったところで、顕家は、かねて興味のあった中尊寺へおもむいたことであろう。

奥州藤原氏の栄華のあとを残す中尊寺とは、そも、いかなる寺院であろうか。

顕家の期待は裏切られなかった。

中尊寺を目の当たりにするなかで、顕家は、かつて栄華を築いた奥州の巨人たちの残り香を嗅いだ。清衡らが、京の文化を取り入れながらも、「東夷の俘囚」だと胸を張り、実際には独立地域として、おもいのまま独自の文化圏を構成していたことに驚嘆した。

わけて、藤原清衡の願文は、新しい世を願う、若い顕家の胸にしんと迫ってきた。

「仏弟子の私は東夷の遠酋である。生を聖代の征戦が行われない時代に享け、長く明時の仁恩の多い中で生活でき、蛮夷の土地も事件は少なく、軍隊や戦いの庭となる虞れもない。（略）出羽陸奥の現地住民は、風になびく草のように、よく私にしたがっているし、粛慎《みしはせ》や挹婁《ゆうろう》のごとき遠く海の外の部族までが、まるで太陽に向かうひまわりの花のように面を向け慕っている。三十余年の間手をこまねいていても、何の騒乱もなく安寧になっている。」（新野直吉『古代東北日本の謎』より引用）

趣意をくれぐれも説明して、文章博士・大学頭を歴任した藤原敦光に起草してもらった願文。

しかも、能筆家の藤原朝隆に清書してもらうという念の入れかたであり、中尊寺落慶の日には、はるばる京から勅使、朝隆の兄である按察使《あぜち》の藤原顕隆に来てもらい、導師には比叡山の相仁己講《そうにいこう》を招いたのであった。

当時、白河関から外ヶ浜（青森県東津軽郡）までの道の一町ごとに、清衡は、笠塔婆を立てていた。笠には、金色の阿弥陀像が図絵してあった。

その道の、ちょうど真ん中にあたる山の頂上に建立されたのが中尊寺である。

（強盗、人さらいのひんぱんな世に、奥州だけは別世界のようにおだやかで、戦のにおいがすることなく、ひとびとは平和で、ゆたかな暮らしを送っていたのだ。

狩りするもの、田畑を耕すもの、漁するもの、おのおの取れたものを、たがいに交換しあって。）

権謀術数があたりまえのような都からきて、顕家はおどろかずにはいられない。

もちろん、そこまでにいたるには、おびただしく流された血と涙があった。もっぱら奥州の富をぶんどるために攻めてきたヤマトとの戦であったのだが……。

その供養のために清衡は、梵鐘を鋳造し、鐘楼堂を建てて、その趣意も記した。

「この鐘は、一音の及ぶごとに、千里どこにおいても、苦しみを抜き、楽しみを与え、あまねく平等、まったく差別ない。この衣関山では、官軍といわず蝦夷の民といわず、戦死した者、昔から数え切れない。

人間だけではない。鳥・獣・魚介類にして屠殺されたもの、昔から今に至るまでこれまた計り知れない。

たしかに霊魂はあの世に行っているかもしれないが、その朽ち果てた遺骨は、今もこの世の塵となってさまよっている。この鐘が大地を動かして鳴り響くのにつれて、この救いのない者たちの霊を、みな浄土へ導き給わんことを」（高橋富雄氏訳より）

（おう、これこそ、建武の世になされねばならない政治ではないのか。

一音の及ぶごとに、苦しみを抜き、楽しみを与え、あまねく平等、差別なきことを願う鐘とは！

敵味方問わず、それどころか、鳥獣・魚介類にいたるまで、その尊い命に想いをいたした清衡殿、会うてみたかった！）

そうだ、この願文を、精進潔斎して筆写してみようぞ。

若者は思いたつと、早い。

頼朝以後、鎌倉武士たちに支配され、山地のあちこちに逼塞している心ある奥州人たちからみれば、そのような若い国司の反応はどんなにうれしかったことか。

いつか、彼らのあいだで、（新国司さまは、あの千世童子さまの再来ではなかろうか、いや、きっとそうだ）とのうわさがひろまっていったろう。

機会を見て、彼らは顕家に近づき、顕家もまた喜んでその話を聞き、あるときは、馬に乗って縦横に山野をかけめぐり、鳥獣を狩る彼らから、奥州人独特の兵法を学んだのではなかったろうか。

「その昔、御館を頼ってこられた若き日の義経公にも、われらの先祖たちは、馬の扱い、山野での攻め、奇襲のさまざまをお教え申したと聞いておりまする」

「おう、そうだったのか」

しかし、奥州の武士たちにとってみれば、そのような現地人への偏愛は面白くはなかったろう。彼らにしてみれば、あくまで奥州は征服の対象であるのだから。


かたや、遠い都ではさまざまな出来事があり、争いがあった。

後醍醐の三の宮、護良親王は、後醍醐の意を体してか、足利尊氏を襲おうとし、尊氏は憤怒する。「主上がそそのかされたのではありませぬか」と言わんばかりに尊氏に詰め寄られた後醍醐は、わが身かわいさから、さようなことはないと、護良親王を武者所に押しこめ、鎌倉の直義のもとへ流してしまった（一三三四年十一月）。

独裁者である後醍醐は、わが子ながら、護良親王の増長が面白くないこともあったろう。

護良親王は、尊氏よりいっそ父の後醍醐帝が恨めしい、とつぶやいたとか。

その鎌倉に、北条高時の遺子、時行らがどっと攻め入るという大事件があって、一時、鎌倉を逃れるしかなくなった直義は、後の災いを防ぐためだと、護良親王をあっさり殺害してしまった（一三三五年七月）。

北条氏討伐のため、関東に向かうことを尊氏は願い出るが、その勢力が増大することを後醍醐はきらい、いっかな勅許を出さない。

業を煮やした尊氏は、とうとう、「天下のためだ」と京を出発してしまう。

と、待っていましたとばかりに、後にしたがう武士たちは、数知れない。独裁者・後醍醐と取り巻き連の偏頗な政治に、不満をもっていたものたちは、喜んで、尊氏の軍にくわわったのである。

尊氏は逃れてきた直義と、三河国矢作《やはぎ》で対面し、両軍そろって、遠江・橋本に拠った北条軍と合戦、勝利すると、どこまでも追撃、ついに八月末、鎌倉を取り戻す。

勝利した尊氏は、武士たちの衆望をになって、ついに十月、後醍醐に反旗をひるがえす。

そして、迎え討とうとした新田義貞を箱根竹の下で破り、破竹の勢いで、入京するのだ。一三三五年十二月から翌年一、二月にかけての出来事。

尊氏謀反に、後醍醐は、奥州の顕家にも、兵をひきいてはせ参じ、尊氏を討て！と綸旨を出した。

多賀城に赴任してから二年。

それぞれ新たに領主となった土地の経営に一心の武将らをその領地から引き離し、しかも、武士団の棟梁、足利尊氏との合戦にくわわらせることは難儀な仕事だ。顕家も苦労したであろう。

軍勢を集めるのに、時間がかかり、ようやく鎌倉に入ったときには、尊氏が新田義貞に勝って都へ向かったあとであった。

尊氏に追われた後醍醐は、比叡山の東麓、東坂本の日枝神社の堂をにわかの御所にして、作戦会議を開く。

集まっているのは、あらかた四国・中国の武士たち。そこへ、陸奥・出羽の軍勢をひきいた顕家が、ようやくかけつける。

後醍醐方の総大将は、新田義貞。その指揮下に、顕家。

坂本の合戦、京の市中での合戦、どちらも後醍醐方が勝利し、尊氏は敗れてはるか九州へとのがれていくことになる。

新田義貞軍の勇猛さが勝利をもたらしたといえ、にわかにひきいることになった気心もわからぬ二万の軍勢を、つい二年前まで書籍ばかり読みふけっていた顕家が、よく動かしたことは、誉めてもよいだろう。

その傍らには、目立たぬかたちで、顕家に助言する奥州人らがいたのではあるまいか。

それに、むくつけき武士たちのなかで、目をみはるような美少年が、颯爽と馬に乗り、さっと采配を振るう格好良さに、従う武士たちも、勇気百倍することはあったろう。

三ヶ月後の一三三六年三月、後醍醐は、十八歳になった義良親王を元服させ、陸奥守に任じ、顕家を鎮守府将軍に命ずる。

奥州への帰途、相模片瀬川で、顕家の奥州入りをさまたげようとする斯波家長軍と戦い、なんとか打ち破る。だが、そのころ、九州へ敗走した足利尊氏は、勢力をもりかえし、一大軍団で大宰府を発し、光厳上皇を奉じて、再び京をめざしつつあったのだ。

その情報がわかるのかどうか、顕家がもどっていった奥州でも、情勢は厳しいことになっていた。尊氏に味方する武士たちが、がぜん増えていたのである。

安藤一族、曽我貞光、浅利清連ら、足利方の武士たちが、相次いで官軍の城を攻める。合戦のかけひきにだいぶ慣れてきた顕家は、五月二十四日、陸奥小高城を攻め破ってかちどきをあげたが、翌日の二十五日、尊氏軍と相対した楠正成らは、湊川で全員討死してしまっていた。

上洛した尊氏は、光厳上皇の子、光明帝を擁立、東坂本へのがれていた後醍醐は、尊氏のすすめに応じて、京へもどり、花山院に幽閉の身となる。

後醍醐の背信を憤る新田義貞をなだめるために、後醍醐は東宮であった恒良親王に位をゆずり、越前へ下る義貞に幼いミカドを託した。

さあ、こうなると、後醍醐方に味方してもよいことはないわさ、とばかり、奥州の武士たちは、われもわれもと尊氏方に寝返っていくから大変だ。

その年の暮れ、後醍醐はついに花山院を脱走して、吉野へのがれ、ここに南北朝対立の時代に入る。

吉野で、京奪還を夢見る後醍醐は、ただちに、最も信頼する顕家に、東国をしたがえ、京に攻めのぼるよう、勅書を出すのである。

吉野への脱走が、十二月二十一日で、顕家へ勅書を送ったのは、十二月二十五日だから、いかに顕家に望みを託そうとしたか、よくわかる。

ところが、顕家はそのころ、尊氏方の勢力に押され、いよいよ身をおくところもなくなって、ついに義良親王とともに、一三三七年一月八日、山深い霊山（福島県伊達市霊山町・相馬市の境にある標高八百五十米の山）へと、逃れていったのだった。

奇岩がそそりたつ霊山山頂には、慈覚大師がひらいた霊山寺があり、僧坊があまたあって、東北山岳仏教の一大中心地であったのだ。

もちろん、顕家らを霊山寺へみちびいたのは、奥州藤原氏の再興を夢見るひとびとであったろう。この霊場までは荒くれものの武士たちとて手は出せない。

後醍醐の勅書を届けにきたものも、霊山までやってくるのに辛苦したことであろう。大かた、けものみちに詳しい山の者が、勅書を腹中に入れ、独特のルートをたどってやってきたのであろうが。

そして、あるときは、馬に乗って弓矢の訓練、あるときは僧たちに混じって座禅する十九歳の顕家は、ようやく来し方行く末について、考えを深めていったのではなかろうか。

（なぜ後醍醐方は敗れねばならなんだか）を問うなかで、それまで強いて見まいとしていた後醍醐の政治の負の部分を、若者は、はじめて目を据えて見つめ、（わが目指す新たな世は、後醍醐帝の政治とも、尊氏の政治とも違うのではないか。かつて、この奥州であの清衡殿が築かれた国こそ、まことの「くに」なのではあるまいか）ますます強く、思いはじめていた。

後醍醐が寵愛する阿野公廉の娘、廉子の恩賞への口出し、同じく寵愛する側近の公卿・僧侶たちが、わが世の春来たれり、とばかりのふるまい。いばりかえった姿。

そこには、その日を待たず、死なねばならなかったものたち、あるいは煽りを受けて死んでいったものたちへの申し訳なさ、悼みの心も、見当たらぬように見える。

鎌倉幕府により処刑された日野俊基が、山伏姿に身をやつして諸国の動静をさぐり、京にもどってきて親房を訪ねて来たときにした話を、顕家は今、思い出す。

「天下はいずこも、幕府のおごりと無策に憤るひとびとでいっぱいでございました。飢えているものたちが路にあふれ、息絶えていくというに、執権高時めが養う犬たちだけが肥え太り、さようなことにかまいなく、高時らは日ごと、田楽にうつつを抜かしておりまする。

もはや我慢もこれまで、と、ひとびとは各所で起ちあがろうとしております。ここに、だれか僅かな火を投じても、その憤懣はぱっと燃え上がり、倒幕へと向かうでありましょう」

燃える目で、倒幕に命を賭けた俊基の志を、ひょっとして後醍醐帝は忘れられたのではなかろうか。

周囲には、お諫めする硬骨の仁はいないのか。

（一方、尊氏らは、もっぱら戦によって、支配地域を分捕り合い、これまたそのための策謀に明け暮れ、山の民、海の民、河原の民を押さえようとしているかに見える。これまた、貧しきものたちが喜ぶ良き世とは思えぬ）

（わたしは――）
と、顕家は思う。
（少なくとも、ここ奥州人が望む世を、西方なら西方の民が望む世を、作っていきたい。そう、帝のためではなく、日々つましく生きる民のためにこそ、尊氏を攻め、勝利するのだ）

一三三七年八月十一日、顕家は義良親王を奉じて霊山を出立する。南部師行もしたがったが、このときの中軸は奥州の豪族たちであった。

『太平記』では、白河の関を越えるところで、三万余騎にふくれあがり、奥州五十四郡からも次つぎ、はせ加わって、十万余騎になったとある。

顕家起つ、との知らせに、恩賞目当ての武士団も各地からはせ参じる。

顕家軍は、尊氏の長男、義詮《よしあきら》が管領となって守っている鎌倉に向かい、両軍は利根川をはさんで対峙し、顕家軍が勝利した。十二月二十八日、顕家軍は、義詮が一万の兵だけで立てこもる鎌倉も攻め、たちまち勝利して、義詮はわずかの武将に守られ、落ちていった。

それからは、顕家軍は、まさに破竹の勢いで京へ向かっていく。

顕家軍有利と知って、たちまち味方にくわわるものは数知れないが、その顕家軍の後を、今度は鎌倉で敗れた武士たちが、また兵力をととのえ、追いかけていくので、『太平記』は、顕家の「カマキリ」が将軍の「セミ」をねらえば、その後ろから将軍方の「野鳥」が「カマキリ」をねらっている、と皮肉っている。
足利方の武士が書いたといわれる「保暦間記」は、その後の顕家軍について、次のように記している。

「サテ顕家卿ハ、□同五年（暦応元年）正月ニ美濃国黒血川マデ責上リ。京都ヨリ官軍ヲ指下ス。打破リガタクテ顕家卿伊勢国へ廻テ。大和ノ国へ越テ。奈良へ打入タリ。都ヨリ武蔵守師直以下大勢発向シテ合戦ス。顕家卿以下兇徒打負テ吉野へ引退ク。同四月ニ又吉野ヨリ今度ハ公卿殿上人可然武士多出タリ。都ヨリ師直大将トシテ大勢下向シテ。和泉国境野ト云所ニテ合戦アリ。今日を限リト命ヲ捨テ両方合戦ス。京方打負テ引ケルガ。師直思切テ戦フ程ニ。顕家卿打レケリ。其後ハ吉野方散々ニ成テ引退」

尊氏方で強いのは、高師直・師冬兄弟。高兄弟は、足利氏の元からの領地の従者であり、生年月日も不明の貧しい出自ながら、大軍勢をひきいる能力、政治の才にも長けるなかで、次第に頭角をあらわし、幕府成立後は、将軍家執事として、尊氏をささえていた。いわば雑草の強さをもった男であり、図太い。そこが顕家のかなわぬところである。
奥州出陣以来、その高兄弟ひきいる幕府軍に、奈良の合戦ではじめて顕家は敗れ、後醍醐のいる吉野へ向かう。

一つには、義良親王を父、後醍醐のもとへとどけるため。二つには、硬骨の父、親房を吉野に置いて、後醍醐の政治を良き方向に向けさせたい。

さらには、ひょっとして次は最期の出陣となるやもしれぬのを予感し、霊山で考えたことどもをこのさい、後醍醐に直言したい、と願ったのであった。

ひさしぶりに会う顕家が、面立ちはあくまで美しいうちに、つぶらな両眼がときとして凄みをおびることもあるのを見て、後醍醐は、（ホホウ！）と目をみはり、内心、（わが血をひときわ騒がせるおのこになりおったわ！）とうれしくてならない。

「ほほ、顕家、次なる出陣は蘭陵の面をかぶって出かけぬか。さすがの師直もたじろごうぞ」

そういって豪快に笑う後醍醐の前では、（今、何を申し上げても笑い飛ばされるだけであろう）と、顕家は直言をやめた。

このお方にあこがれ、その一挙手一投足にどきどきし、閨で口を吸われて舞い上がった少年の日が、今は遠く遠く思われる。あこがれの人は、奥州に行くなかで、会うことかなわぬ故人、奥州藤原氏御館、清衡へと変わっていた。

そして、その奥州からの進軍中、ともに命をけずり、あるときは野に寝た、率直で大胆な奥州人らの豪族たちの顔かたちのほうが、吉野の公卿たちより、ずっとなつかしく思えるのだった。

（だが、このお方の力なくしては、この国は尊氏めらの守護・地頭の勢力に取って変わられるだけで、貧しきものら、山の者、海の者らの幸せは来ぬ。やはり、諫言あるのみか）

そう思う顕家は、後醍醐に宛てて、諫草をしたため（一三三六年五月十五日）、高兄弟と最後の合戦をするべく、吉野を出て和泉国境野へと向かったのだった。
両軍の死闘は、師直軍に凱歌があがる。
その最後を『太平記』は、次のように描く。

「顕家卿の官軍ども、疲れてしかも小勢なれば、身命を捨てて戦ふといへども、軍利無くして諸卒散り散りに成りしかば、顕家卿立つ足もなく成りたまひて、吉野へ参らんと志し、わづかに二十余騎にて、大敵の囲みを出でんと、みづから利きを破り、固きを砕きたまふといへども、その戦功いたづらにして、五月二十二日、泉の境、阿倍野にて討死したまひければ、相従ふ兵ことごとく腹切り傷を蒙って、一人も残らず失せにけり。」

顕家を討ったのは、武蔵国・児玉党の越生四郎左衛門、首を、丹後国住人、武藤右京進政清が取り、兜、太刀、刀とともに、師直に捧げる。師直が実検、たしかに北畠顕家とわかった。越生、武藤両人は、将軍尊氏が手づから記した、所領を与える、との褒状をもらう。
時に、顕家は享年二十一。

後醍醐はいわば顕家が死を賭して諫めた進言をどう読んだろうか。

（ほほ、青っぽいのう。権力が欲しいは、権力をほしいままに使うためではないか。われは一大宮殿を築いてみたい。この国のすべての土地・民をわがものとする喜びをかみしめ、酔うてみたいのじゃ。そのためには、だれとでも、手も組もう。聖人君子でいて、どうして権力を奪えようぞ）

一笑しながら、顕家の第一の進言、諸国に軍事長官を置く構想だけは使えるぞ、と思う。

顕家が後醍醐に遺した諫草は、どのような経緯でか、やがて醍醐寺の三宝院に保管される。

顕家は、その諫草で、七項目の進言をしている。

進言の第一。

諸国に、その地方の押さえとなる軍事長官を置くようにという。その地域地域の現状をつかまないで、中央だけで事を決めるなら、その地の苦痛を救うことはできない、と。

ここには、地方分権への萌芽がある。後醍醐は、そこは無視して、南朝政府の力を強めるために、わが子をあちこちに送るのだが。

進言の第二。

諸国の租税を免じ、倹約をもっぱらにせよ、と。

「連年の戦乱で、諸国の民は牢に閉じこめられたようなありさまです。大きな仁をほどこさねば、庶民が甦ることはありますまい。

今から以後、三年間、どの地も租税を免じ、民の肩を休ませてください。

没収した領地、新補地頭らの課税も同等にし、朝廷の祭祀・そのさいの衣服などは、特にゆたかな土地をえらんで、供奉の数にあわせて捧げさせ、三年間は一切宮殿を造ることをやめていただきたい。

一切の奢侈を絶って、そののち、朝廷の力を低くし、民の力を高めていただきたい。（略）かくのごとくすれば、何もしないでいても国内ことごとくが集まってきましょうし、遠方の外国からも攻めていかずとも、服属いたすでありましょう。」

進言の第三。

「官爵の登用を重んぜらるべきこと」

顕家は言う。

大きな手がらを立てたものに、「不次」―順番通りでない賞―をあたえるのは、和漢の通例であります。ただし、才が無いものには、田園をあたえて、「名器」を与えてはなりません。いわんや、勲功もないのに、みだりに高位高官をあたえるなどもっての外です。ところが、その仁でもないのに、その位を手中にするものが近年後を絶ちません。役人になって出世し家名をあげたいものや、武勇の士が、先祖の経歴を軽んじて、文官の要職をのぞみ、おのおの出世をのぞんで、「不次の恩」で、高位を手中にしております。

およそ「名器」はみだりに人に貸したりいたしません。それと同じで、任官登用は、才智をえらんでおこなうべきです。功名を立てていても、その器でないものには、厚く高禄をくわえ、田園を与えればよいのです。

まして、士卒、家名を起こしたい家の奉公人は、彼らの先祖の昇進の跡をたどり、それよりはるかに大きな恩に浴させれば、どうして恨むことがありましょう。

第四の進言。

「月卿雲客僧侶らの朝恩をさだめらるべきこと」

帝に近く仕えるものは、忠義を尽くすのが当たり前なのに、そういうものが、どれだけいるでしょうか。

無事の日には、大禄をむさぼり、艱難の時には、逆徒にたちまち屈服してしまうやからは、「乱臣賊子」以外の何ものでもありますまい。

「僧侶護持の人」など、あらかたこの類いであります。

元弘以来の没収地を、功あるひとびとに配分するならば、礼もすたれず、勲功もむなしくないのではありますまいか。

ただ、長く朝廷に仕えてきた家のものたちを、咎を憎んで禄を取り上げれば、朝廷の故実を継承するものがなくなり、礼式もすたれましょう。近年、士卒が争ってのぞんでいるのは、かかる相伝のものたちの荘園ですが、これを与えるのは、善政とはいえますまい。

それらは、その家にいったん返して、今後の働きを見て、賞罰をくわえればよろしいでしょう、うんぬん。

第五の進言。

「臨時の行幸および宴飲をさしおかせらるべきこと」

「帝王が行幸をおこなうのは、風俗を移し、艱難をすくうためであります。世は乱世。民は塗炭の苦しみにあります。かかるとき、遊びのための行幸は、国の乱れの基であります。帝王が外出するとき、百人の役人が従っていきます。そのさいの費用は、万におよびましょう。また、宴飲は、まさにちん毒です。ゆえに、「先聖」もこれを禁じ、古典もこれを戒めております。」

こう切り出した顕家は、もし、このあと、都にもどられた場合は、「臨時の遊幸、長夜の宴飲」は、堅く禁止していただきたい、建武の政治が、庶民の人気を失ったのは、明らかにそのせいなのですから、と釘をさしている。

戦乱がつづくなか、飢え、家屋も焼かれた民を尻目になされた、後醍醐のはでな行幸への憤りは、はるか奥州までも聞こえてきたのだった。

進言の第六。

「法令を厳正になさるべきこと」

ここでは、顕家は、後醍醐の政治が、朝令暮改であったことを指摘し、これでは民は、手足をおくところがない、令が出ておこなわれないなら、法が無いにひとしい。

約三章だけ定めて、堅い石のように変えないなら、民も服し、王事ももろくはなくなりましょう、と諫める。

ゆとり教育をしろ、と言ったかと思えば、その舌の音も乾かぬうち、学力低下だ、と、さわぎだす現代の教育行政にたずさわるひとびとに、この進言を読んでもらいたくなる。それどころか、彼らは、「美しい国」にするためだ、と称して、教育基本法まであっというまに変えてしまったが……。

第七の進言。

「政道に役立たない愚かなやからを除くべきだ」

この最後の進言で、顕家はそれまで心に溜まっていたものを一気に解き放つかのように、後醍醐へ向けて、おのが胸中をぶちまけている。

ここは、全文を口訳してみよう。

「政治をおこなうに、その力のあるものは、草刈りや木こりのごとき身分の卑しいものであっても、登用すべきです。逆に力のないものは、高位高官の出自といえども、辞めさせねばなりません。

建武以来、公卿・武士・官女・僧侶などが多く政務の害をなし、ややもすれば朝廷の政治を汚しております。

仕事を目くばせするだけでおこない、ひとびとの口はふさぐのです。

このことは、私が奥州におりますとき、耳に入ってきて、心痛いたしました。

『直を登用し、曲を捨てる』のは、聖人の格言にもあります。賞を正しくし、罰を明らかにするのは、明王の統治です。

かくのごとき、鼠輩は、早々に辞めさせるべきです。

手がらのあるものを採りあげ、手がらのないものをしりぞける、このことをはっきり行ってこそ、誰も納得し、帝の政治を喜びましょう。

陛下が、この諫言に従われないなら、泰平の世はのぞめません。

もし従われれば、世は日々静粛になってまいりましょう。

小臣、顕家は、元は書巻のみ読み、合戦のことは何も存じませんでした。

かたじけなくも、勅を受け、艱難の時をすごしてまいりました。今回は再び、大軍をあげて命を鴻毛に等しくし、幾たびか、合戦にいどみ、辛うじて虎口を脱してまいりました。

その間、私を忘れて君を思い、悪をしりぞけて正にもどそう、とのみのぞんだのでありました。

もし陛下にして、先非をあらためられぬならば、太平の世はのぞむべくもありません。

そのさいは、きっぱり官吏を辞て、越王に仕えたのち、野に下った功臣、范蠡《はんれい》のように、山林に入って伯夷の行いの跡を継ぐ所存でございます。」

『太平記』では、敗戦したあと、顕家は吉野へ逃れようとしたとあるが、かかる諫草をいわば後醍醐にたたきつけてきた以上、負けておめおめと、吉野にもどろう、とは顕家は思うまい。

勝たねばなんで諫言が容れられようか。その折は、最後の最後まで戦い抜き、死んでいこうぞ、そう思い決めていたのではなかろうか。

ともにあった奥州人たちは、千世童子の再来におもえる顕家が討死してしまったとき、奥州藤原氏再興の道が、朝廷に服従のかたちをとりながらも独立していた、往年の奥州をよみがえらせる道が、ぷつんととだえたのを知った……。

吉野で公卿たちから浴びたさげすみの目を思えば、彼らにとっても、帰る地はもはやヤマトのなかにはない。

あるものは、顕家に殉じ、あるものは獣道を伝っていずこかへ身を隠し、合戦の場からさっと姿を消していったのであった。

今、顕家の墓は、大阪市阿倍野区王子町の北畠公園の一角にある。江戸時代の並川誠所が提唱して享保年間（一七一六～三六）に、それまで「大名塚」と呼ばれていた墓に、「別当鎮守府大将軍従二位行中納言兼右衛門督陸奥守源朝臣顕家卿之墓」と刻んだものである。

別に、堺市石津町、旧紀州街道の石津川太陽橋南詰に、五輪の「源顕家公　南部師行公　殉忠遺跡供養塔」の文字が刻まれた供養塔が建っている。

地下の顕家は、苦笑しつつ、（わたしの魂は、あの中尊寺願文の写しのなかにこそあるのですよ）と言っているのではあるまいか。

武田松姫　八王子までの長い途

女性の名が付いた地名は、日本の場合、少ないのではないだろうか。

山梨県北都留郡小菅村と大月市の県境にある「松姫峠」を地図でながめながら、思う。峠から少し南、七保町瀬戸（大月市）の葛野川沿いの鉱泉には、「松姫温泉」の名が付いている。

武田信玄の六女であり、織田信忠（信長の嫡男）の婚約者でもあった松姫について、私が興味をもったのは、花田清輝「鳥獣戯話」第三章に記されているこの松姫（以下松ヒメ）が、きわめて印象深かったためで。

第三章の主人公は、多分、花田の創作と思われるが、耶蘇会士フロイスについて来日したポルトガル商人カルモナ。前身はヨーロッパでも名高い医師であった。その腕は日本でもほどなく喧伝され、堺の商人に呼ばれて滞在するうち、重病の信玄を治療するすぐれた医師をさがしていた武田家によって、さらわれる。（采配をふるったのは、信玄に追放された信虎）だが、時すでに遅く、その間に信玄は死んでしまっており、勝頼はカルモナの身柄を信州伊那郡大島城にいた弟（信玄の三男）信廉にあずける。

この大島城に松ヒメがおり、カルモナの弟子になって、医学・哲学・歴史について教授を受け、長篠合戦ではカルモナを助け、傷兵の看護を献身的におこなって、将兵たちに感謝されたという。

そのさい、カルモナと松ヒメは、武田の重臣に憤慨されるのもかまわず、敵味方の差別なく、織田方の負傷者にも手当をおこなった。

カルモナは、一五八〇年（天正十）二月、おたふく風邪で死亡。二年後、織田信忠が攻めてくると、信廉は城を放棄したので、松ヒメは兄、仁科信盛の高遠城に移り、そこでの戦闘でも女性たちを組織して、負傷者を看護。

城が陥落すると、甲府へ、さらに八王子へとのがれ、武田家の遺臣でその才により家康に重用された大久保長安の庇護のもとに、草庵をつくってもらい、戦災孤児や浮浪者をあつめて保護、病人を看護、一六一六年（元和二）四月、すわったまま、微笑みながら死んだ、とある。

へええ、と感心し、その後、気にして少々調べてみると、やはりなかなかのヒメであるようなのだ。一つは、戦国時代、もっぱら政略の具にされた大名の娘でありながら、一人の男への純愛をつらぬいたこと。

今、一つは、武田氏滅亡後、その遺児たち、遺臣を守りながら、八王子で、地元のひとびとにも慕われる生涯を送ったこと。

一人の男とは、織田信長の嫡男、織田信忠。

やがて、その織田信忠に次々攻められ、武田方は城を落としていくことになるのだが、両人は、松ヒメが七歳となった永禄十年（一五六七）に婚約している。

そのころ、織田信長は桶狭間の奇襲で強敵・今川氏をほろぼし、徳川家康と同盟をむすび、斉藤龍興（斉藤道三孫）の稲葉城を落として、岐阜城と改名、あっというまに昇る日の勢いになったとはいえ、まだまだ得体もしれぬ、にわか大名。京をめざすには、甲斐・信濃で威を張り、無敵といわれる武田信玄を敵にまわしてはならなかった。

で、信玄に、再三たのみこんでの婚約となり、奇妙丸（信忠）は、当時十一歳。

松ヒメの母は、油川千里。油川家は武田氏の縁戚で、石和・油川に所領をもつ。千里の父、油川源左衛門信守は、信玄とは従兄弟であったらしい。千里はたぐいまれな美しい女人であったという。

一方、織田信忠の母は、信長が最も心を寄せたといわれる側室の吉乃。信忠が十歳のとき、亡くなっている。これまた、父母の血を継ぎ、松ヒメと好一対の美少年。

双方は、一度も会わぬながら、側近のものたちから聞き知る相手の風貌と、ときに取り交わす贈り物の数々、付けられた文の細やかさに、たがいに恋心をつのらせていったようだ。

松ヒメのために、信玄はつつじが埼館（現甲府市武田神社・信虎の築城）の敷地内に新しいみごとな館を造り、住まわせる。松ヒメは新館御料人と呼ばれ、折々に届く未来の夫からの文と贈り物に胸はずませ、琴を弾じたり、書物を読んだり、と、おだやかに成長していったのだろう。

しかし、戦国の世は非情だ。

二人が婚約した翌年の永禄三年（一五六八）九月には、織田信長は足利義昭を奉じて入京、翌年には商人の町、堺を屈服させ、翌々年の元亀元年（一五七〇）には近江国姉川河畔で、徳川家康の奮戦により、浅井長政、朝倉景健連合軍に勝利、石山本願寺討伐に乗り出す。

入京をもくろんでいた信玄にとって、わずかな期間のうちに信長は、打倒せねばならない強大な敵に変貌していく。

信玄が、京へ向かうためには、まず南の遠江・三河を制せねばならず、そこには信長と組み、剛直な三河武士団で領国をかためる徳川家康がいる。

かたや、信長にとっては一向宗・本願寺と組んでいる信玄こそ、打倒せねばならぬ恐ろしい敵であり、家康にはなんとしても、信玄を食い止めてもらわねばならない。

京へ向かいたい信玄は、それまで小競り合いをくりかえしていた関東の雄、北条家と元亀二年（一五七一）、同盟する。

同年十月、事実上の当主だった北条氏康が死んだため、信玄の娘、お梅の方（黄梅院）を正室にしていた北条氏政と手をむすべたのだ。

背後から襲われる心配がなくなった信玄は、いよいよ念願の遠江を手中にするべく、ついに元亀三年（一五七二）十月、甲府を出発、遠江に侵入する。十二月二十二日、三方ヶ原台地で、二万五千の軍勢の信玄軍と一万一千の家康が、激突、信玄は大勝利をおさめた。

家康は信長にさかんに援軍をもとめたが、あちこちに兵を送っている信長からは、わずか三千の兵が遣わされただけであった。このとき、三千の兵をひきいてきた将、平手汎秀は戦死している。

家康は、身代わりになって必死に戦ってくれた家臣たちの働きで、命からがら、恐怖のため馬上で脱糞しつつ、浜松城へ逃げ帰る。このとき、家康が、逃げかえってくる兵たちを受け入れるために城門をひらいたままにし、赤々とかがり火を焚かせたことが結果として、彼をすくった。武田方は、城門が開いているのを計略と考え、ただちに攻めこまなかったため、家康の息の根を止める絶好の機会をうしなったのである。

ともあれ、この三方ヶ原の合戦で、武田と織田も、はっきり敵として戦いあったから、信忠と松ヒメの婚約は自然消滅したことになる。

つつじが埼館で、父や兄たちの大勝利を聞く松ヒメの心中は複雑であったろう。

以後、信忠からの文が松ヒメのもとへ届くことはない。

この頃、松ヒメは母、千里を亡くしており、その淋しさのうちに信忠との仲も裂かれたのであった。

しかし、母を失ってみて、自分よりずっと幼いころ、母、吉乃を失った信忠の心中の淋しさに近づけたように思い、（武田と織田が敵味方に別れようと、わが夫が信忠さまであることは生涯変わらぬ）そう思いきめていたのではなかったろうか。

このとき、松ヒメは十二歳。信忠は十六歳。

翌年二月、信玄の勝利に気をよくした将軍・足利義昭は、武田・浅井・朝倉・石山本願寺と組んで、一挙に信長をほろぼそうと謀ったものの、結果は、信長の勝利となって終り、室町幕府は滅亡、八月には浅井・朝倉両氏もほろぼされた。

実は四月、進軍の途上で、信玄は病死していた。

身内にさえ三年間、隠そうとした信玄の死去。

だが、いかに隠そうとも、信玄死去の報はたちまち伝わっていく。

松ヒメはいつ父の死去を知ったであろうか。十三歳で、ついに父もうしなったわけであった。

以後、信玄の個人的力量でまとまっていた武田氏は、徐々にほころびを見せはじめる。

さあ、わが君の代になった、と、十七歳の勝頼を擁して、にわかに勢力をもたげる若い側近たち。

一方、信玄の威力と経営の才に心服していた、重臣たちからみれば、勝頼は苦労しらずのヒヨッコにしか見えない。

「三年わが死を隠せ」との信玄の遺訓も大きな障害となった。勝頼の母は、諏訪頼重の娘の諏訪御料人。甲斐の豪族たちには諏訪出の勝頼を主人にあおぐことが面白くない気分があり、勝頼がやっと家督を継げたのは、天正四年（一五七六）、父の死から三年も経っていた。

勝頼としては、入京をねがった父の遺志をわが力でかなえたい。父が味方につけた伊勢・長島の

一向一揆衆と組んで、天下に覇をとなえ、とかく自分を頼りなく見ているらしい重臣らをも、はは
あっと言わせたい。
父が死んだ翌年の天正二年（一五七四）正月には、勝頼は東美濃に侵入、明智城（恵那郡明智町）
を包囲し、落とし、六月には家康方の武将、小笠原長忠が守っている高天神城（静岡県小笠原郡大東
町）を開城させる。
この夏、信長は、武田方とも近しい三河・長島の一向衆をつぶすために全力を尽くしていた。
衆の中心となっているのは、願証寺住職・証意で、その息子、顕忍は、松ヒメの妹、菊ヒメと婚
約していたらしい。石山本願寺の顕如上人の妻は、信玄の正室、三条夫人の妹であり、その縁での
婚約。
信長の長島攻めは、周到で、七万の大軍で、くまなく長島を包囲し、兵糧攻めにし、弱ったとこ
ろをふみこみ、容赦なく弓・鉄砲を撃ち、火を放って、ほろぼし尽くした。
鈴木孫一ひきいる紀州雑賀衆が水軍をひきいて一揆衆に味方したが、信長は志摩の海賊、九鬼嘉
隆の水軍を登場させて、紀州の水軍を圧倒する。
中洲やデルタ地帯にたてこもっていた一揆衆は、老若男女もいたから、最後は悲惨だった。飢え、
よろけ、猛火のなかでもがきながら死ぬか、砦から抜け出すところを鉄砲の餌食になるか、死への
道しか残されていなかったのだ。
証意は、川に入水して死に、顕忍は行方知れずになった。

長島での信長のむごい所業は、間者を通じて、勝頼のもとにもたらされたであろう。

（菊ヒメのお相手は、お坊様だから、私のような思いはせずにすむ）そう妹をうらやんでいた松ヒメが、今度は妹を慰めねばならない。しかも、顕忍たちを攻めた武将のなかに、信忠がいるのを知ってはよけい辛い。

（それにしても殿方はなぜにかくも戦が好きなのか）

ただ、菊ヒメは松ヒメとちがい、ついに会うことなかった顕忍への執着は、それほどない。ひとときひんぱんに文や贈り物を交し合った信忠・松ヒメとちがい、両人の直接のやりとりがほとんどなかったためであろうか。

行方知れずとなった顕忍は、実は生きていて、信長の死後、滋賀の日野に願証寺を再興するのだが……。

翌天正三年（一五七五）、不敗をほこった武田軍は、信長・家康軍に大敗する。世にいう長篠の合戦である。

現在の愛知県南設楽郡鳳来町にあった長篠城は、家康の領域で、奥平貞昌が城将になっていた。もともと奥平貞昌は、今川氏の旧臣で、今川氏滅亡後は武田氏に仕えていた。ところが、信玄死すや、たちまち家康に付いてしまう。

怒った勝頼は、人質の奥平仙丸、同族の奥平貞支の娘、於阿和を斬る。

そして、四月十二日、信玄の追善法要をおこなった席で、長篠城攻めを提案した。ときに勝頼十九歳、血気盛んな年ごろだ。

ところが会議は真っ二つに割れた。

勝頼に味方するものは、側近のものばかり。

信玄とともに、いくどもの合戦で無敗をほこってきた重臣たちが反対。信玄の次女をめとり、勝頼の叔母が母という、幾重にも勝頼と濃い血縁の穴山梅雪も、真っ向から反対。御館さま亡きあと、まず領内の経営をしっかり固めていかねばならない、家康を攻めれば信長が出てくる、両者を相手に勝つには、よほどの準備がいります、というのだ。その言い方も、勝頼を主人と思っていないが如き、無礼な口調であるのが、勝頼とすれば癇にさわる。

若者は反対されればされるほど、かえって意固地になるもので、重臣たちもそのへんの機微に欠けたところがあった。ついに勝頼は、長篠城攻めをおこなう、と強引に決めてしまった。

その動きは早く、法要の九日後にはもう長篠城を包囲している。

自分の軍だけではかなわないとみた家康は、岐阜の信長に援軍をもとめ、信長が岡崎城にあらわれたのが、五月十四日。

ちょうど同日、信長が来てくれるかどうか、さぐってくるよう奥平貞昌に命じられた鳥居強右衛門尉が、長篠城をぬけだし、岡崎城にたどり着いて信長に会えたのも、信長方にはラッキーであったろう。

この鳥居が、律儀に城へもどるといい、実際もどっていくところで、武田方につかまってしまう。つかまえた武田方が、この男が融通のきかない生粋の三河武士である、と見抜けなかったのは眼力不足だった。

城に向かって「援軍は来ないぞうっ」と叫べば命を助ける、褒美もやるぞ、との誘いを呑んだふりをして、鳥居は、櫓の上からでっかい声で、叫んだのだ。「あと三日あ、辛抱なされえっ。織田・徳川三万八千の軍隊がやってきますぞうっ」鳥居はたちまち刺されたものの、鳥居の絶叫を聞いた長篠城中は勇気百倍、もちこたえてしまうわけで。

信長の大軍がやってきたのを知って、勝頼方の重臣らは、決戦を主張する勝頼をいさめる。

一万二千の武田軍と三万八千の織田・徳川連合軍では、当方に勝ち味がないとみるべきだ、と。

ここは決戦を避けて引き上げよう、と主張する山県昌景、内藤昌秀、馬場信吾にしても、臆病な武将ではない。なべて猛将として恐れられている武将たちだ。

親戚衆の穴山信君、小山田信茂も、決戦に反対。

しかし、勝頼は聞かず、設楽原へ軍をすすめる。

決戦の前夜、山県ら猛将たちは、明日の命はないと知って、別れの盃を交し合ったらしい。勝頼はそんなことは知らない。

五月二十日の決戦について、ここでクダクダ言う必要はないだろう。一里半にわたって信長が築いた馬防柵に、騎馬の武田軍団は遮二無二突撃をくりかえし、つぎつぎ繰り出される鉄砲の弾丸に、むなしく散っていったのである。

武田方の死者、二千人余。織田・徳川方の死者は、三百人余。

山県昌景、内藤昌秀、馬場信吾ら、信玄がほこった猛将たちは、なべて討死し、勝頼はわずか十数名で落ちていった。

このとき、先の軍議で、すでに勝頼を見限ったのか、穴山梅雪はほとんど兵をうごかしていない。それどころか、敗色が濃くなった時点で、命令を待たず、さっさとひきあげていってしまっている。

だが、反対をおしきっての合戦の惨敗に落ちこんだ勝頼は、梅雪の背信をとがめる処置をも怠った。それどころか、山県昌景にまかせていた駿河の江尻城を梅雪にまかせてしまう。


このころ、松ヒメは叔父、武田信廉が城主でいた大島城（長野県下伊那郡松川町）にいた。

新館で鬱屈している松ヒメを、信廉が大島城に来てみるように誘ったのは、いつだったのか。

大島城は、高遠城、飯田城とともに、信濃・伊那方面に武田氏が築城した鉄壁の城だ。

天竜川を眼下にみおろす五百四十二メートルの台地に城は築かれていた。今は、台城公園となって、つつじがみごとであり、松川町は、梨・りんごの栽培がさかんで、果物の里として知られる。

信玄の同母弟で、風貌が兄そっくりなため、信玄の影武者もつとめた信廉は、文の人でもあり、絵画、和歌もたしなむ。信玄にさしだした流麗な筆跡の起請文は、生島足島神社に現存している。

松ヒメはこの叔父が好きだったし、ふっとつつじが埼館から見知らぬ地へ足を向けてみたくなったのだった。

伊那街道を輿に乗ってのぜいたくな道中だったとはいえ、大島城までの長い道のりに、畑でいそがしく働く農民たちの姿、小走りに急ぐ旅人たち、天竜川の荒々しい流れをも見た。

深窓のヒメが未知の土地へ出て行ったことは、やがての逃避行にかなり役立ったのではなかったか。その大島城で、松ヒメは、博識の医師カルモナに会い、自分のこれまでの世界がいかに狭かったかを知ったのだった。


そのヒメが、長篠の合戦の大敗北を知ったのは、負け戦に見切りをつけて、叔父たちが傷兵らをいたわりながら帰館してからしばらくのちのことだ。

信長軍の鉄砲に撃たれた傷は、それまでの槍・刀による傷とちがい、はるかに悲惨だった。足も体も顔も、ぐちゃぐちゃにつぶれ砕ける傷に、ヨーロッパでの戦で慣れているカルモナの奮闘と適切な処置がなかったら、城の医師も松ヒメらも、ただ呆然とするしかなかったろう。

生け捕りにして連れてきたものも、カルモナは変わりなく治療し、（このような奴ら、放っておかれい）信廉がとがめるように言うと、首をふって「もはや戦をする力がない以上、このものらは敵ではありましねえですよ。お味方の兵と同じく、単に傷兵でしかねえですらあ」ヘンな日本語で言い、平然として治療をつづけるのだった。

松ヒメには、そのカルモナが格好よく見えた。

（もし、ここにわが夫、信忠さまが怪我しておいでだったら、だれの反対をも押しきってわたしは、看護してさしあげることだろう）などと、思っているヒメなのだ。

とかくするうち、長篠の合戦が、武田軍の大敗北で終り、退却の命令を出ししぶった兄、勝頼は、最後にはわずか十数名でようやく戦場から逃げのび、惨憺たる姿で、つつじが埼館にもどっていったことを知った。しかも、「風林火山」の旗をかざしてこれまで雄雄しく戦い、無敗をほこってきた重臣たちの相次ぐ討死。

（武田はこれからどうなっていくのだろうか。）


おののく松ヒメの心に追い討ちをかけるように、六月になると、織田信忠が、武田の三大山城の一つ、岩村城（岐阜県恵那郡岩村町）を攻めはじめたと聞く。

岩村城主は、秋山信友。「武田の猛牛」と恐れられた人物で、知略もあり、台頭してきた信長と組むことを主張、諸将を説いて、信忠と松ヒメの婚約をすすめている。

婚約が成立したとき、岐阜へ信玄の名代としておもむき、信忠のりりしさなど、松ヒメに語ってくれたりしたものだ。

もともと岩村城は、信長の武将、遠山景任が城主であり、信長は彼に叔母の於つや（修理夫人）を娶わせている。ところが二人に子ができないため、於つやが信長に懇望し、信長の五男、幼い御坊丸（のちの織田勝長）を養子にもらい受けた。

しかるにやがて遠山が病死してしまった。

城が攻めやすくなったとみて、たちまち秋山信友がさかんに攻撃をはじめる。

気丈な修理夫人は、守りを固くし、思いのほかに城は落ちない。

このままでは、双方に死者が多く出よう、考えた秋山信友が一計を案じ、密使を城中に送る。

自分と結婚して二人で城を守っていかないか、御坊丸が成長したら、彼に家督をゆずればよい。

そうウマイ話があるはずもないことは、修理夫人もわかってはいたろう。

だが、断われば、武田軍は一気に攻めてこよう。

無敵の武田軍に、レアリストの甥、信長がたくさんの援軍をまわしてくれるとは思えない。

このまま抵抗していても、四季おりおりの景色が美しく、人情おだやかな領地は、戦火にまみれ、領民らもとばっちりで死傷し、苦しまねばならない。

信友と結婚することで、織田と武田の縁が、強くなればいっそ甥御、御坊丸のためでもあろう。

とつおいつ思案のすえに、修理夫人は、秋山信友の申し出をのみ、武田の軍門にくだったのだった。七歳だった御坊丸の運命も変わる。

岩村城にそのまま置いておけば、信玄から逆心ありと思われかねない。秋山信友は修理夫人と結婚後、ただちに御坊丸を信玄の館に送っている。

結婚してみれば、信友は修理夫人をだいじにあつかい、領民に感謝される経営をおこなった。このお方とむすばれてよかった、と修理夫人は安堵する日々。

甲府の館では、松ヒメは、婚約者信忠の弟である人質の御坊丸がとりわけ愛しく、なにかと面倒をみたものだ。

領民をだいじにする修理夫人の人がらも、御坊丸から聞き、戦争より平和をえらんだ生き方に共感する。

信長はといえば、修理夫人が信友と結婚したときいて、怒髪天を突く、といった形相で、怒ったという。たとえ叔母も御坊丸も死んでしまう恐れがあっても、武田方に降らずにいてほしかったのか。

そこで、長篠の合戦の勝利で、織田方ががぜん優勢になるや、積年のうらみを晴らすべく、信忠に岩村城を攻めさせたのだった。

十一月、松ヒメは、その秋山信友夫妻の悲報を聞いた。

信忠軍に散々に攻められ、必死に抵抗したものの、じっくり城中の食糧が絶えるのを待つ作戦に出られ、城を包囲されてしまった岩村城。

これ以上籠城しても、多くのものたちが、次つぎ飢え、死んでいくばかりだ、と判断した秋山信友は、降伏すれば全員の命を保証する、との織田軍の申し入れを受けて、修理夫人とともに投降する。

信忠は、弟の義父母にあたる二人をたいせつに扱って父のもとへ送ったが、信長は容赦ない。

秋山信友、叔母の修理夫人をも「裏切り者め！」とののしって、長良川で逆さはりつけにして殺してしまう。

修理夫人は、最後に、

「われ、女人ゆえ、はたまた領民を守らんがため、武田方に下ったのみ。このたび、汝の約束を信ずればこそ、城を開けたというに、現在の叔母にかかる非道の扱い。おのれ、信長っ、必ずや因果の報いを受けようぞっ」

そう絶叫して果てたという。

殺されたのは城主夫妻だけではない。

信長は、抵抗することなくふらふらと城を出てきた疲れはてたひとびとをも、全員皆殺しにせよ、と命じ、かたはしからなで斬りにさせたのだった。

（信長殿とはまこと鬼であろうか。でも、信忠さまはきっとちがう。秋山さまとの約束を反故にされて、あらがいもならず、どんなにか、お苦しみにちがいない。）

松ヒメのなかでは、一度も会い見ぬ信忠は、なにが起きようと、あくまで理想の夫なのだ。

松ヒメはときに十五歳。信忠は十九歳。

翌年（天正四年・一五七六）から天正七年（一五七九）まで、信長の目線は、もっぱら近畿・中国にそそがれ、その分、武田方は嵐のまえの静けさにも似たひとときを送る。

それまで独り身だった織田信忠が、ついに摂津・多田の豪族、塩河長満の娘、鈴ヒメを側室にむかえたとのうわさが聞こえてきたのは、天正四年（一五七六）のいつだったか。

それでも松ヒメの気持ちはゆるがない。（わたしの座は正室。その座は空けていてくださる）信じこんでいるのだった。

ただ、まわりからは、すでに松ヒメは織田家とはかかわりなくなった人である。縁談もやってこようというもの。

天正六年（一五七八）、松ヒメは兄勝頼から上杉景勝との結婚をすすめられる。

上杉家は、その年の三月、謙信がふいに病死し、跡目争いで合戦が起きたのだった。

御館の乱といわれ、実子がなかった謙信は、養子が二人おり、一人は謙信の姉の子、甥の上杉景勝。一人は正室・北条院（北条氏政の妹）の兄、上杉景虎。この両者があらそい、景勝が勝つ。

上杉氏政は、弟の景虎を勝たせたく、妹を正室にしている武田勝頼に加勢をたのんできた。

勝頼は景虎に味方したが、景勝のほうが勝利してしまったため、不利になった。景勝は和睦の条件として、松ヒメを正室に迎えたいといってくる。

勝頼の頼みを、松ヒメは断固としてことわる。ヒメにとってはどう情勢が変わろうと夫は織田信忠ただ一人しかありえない。強行すれば自刃すらしかねない松ヒメの抵抗に、勝頼もあきらめ、妹の菊ヒメをさしだすことにする。

十月、目をみはるような行列で、菊ヒメは越後に旅立った。菊ヒメは、僧侶の顕忍より、大名の家へ嫁ぐほうが望ましかったようだ。だから、顕忍の生死が知れなくても、こだわりはなかった。

上杉家の水は、たしかに菊ヒメに合っていたのだろう。甲州夫人、あるいは甲斐御前と呼ばれた菊ヒメは、諸費倹約をすすめて賢夫人とうたわれ、領民にも慕われる。

武田家滅亡時、頼ってきた弟の信清を置いてもらうことができたのも、日ごろの実績があったからで、信清は上杉家の家臣となって生きのびる。

信玄の子どもたちのなかでは、幸せな生涯を送れた菊ヒメだが、文禄四年（一五九五）、秀吉によって上杉家が米沢へ転封させられると、景勝と別れ、人質として、京の上杉別邸へ住まわねばならなかった。

慶長九年（一六〇四）二月、病没、享年四十七。

松ヒメが、大島城から高遠城へ居を移したのは、この頃だったろうか。

高遠城には、兄、仁科五郎信盛が城主となっている。

菊ヒメの婚儀などで、辛い思いをしているだろう妹をおもい、高遠城へ来るように誘ったのだ。

叔父の信廉もすすめた。

信廉には、やがては織田軍が武田の領域へ向かってくるだろう予感があり、もっとも敵方に突き出したところにある大島城には松ヒメを置かないほうがよい、と内心、考えている。

「どこへ参っても、命を大事にするのだぞ」

叔父はそう言い、カルモナは、

「わたし、あなたに看護のこと教えました。どこでも役立てるとええですら。高遠城ではなにを学びますか。学ぶことがない場所などありましねえです」

たった一人の美しい女弟子の肩に手を置いて、ほほ笑みながら言った。

天正八年（一五八〇）、高遠城にいる松ヒメの耳に、信忠と鈴ヒメのあいだに男子（三法師）が誕生したとのうわさが入ってくる。おもえば婚約を取り交わしてから十三年の歳月がながれていた。松ヒメはすでに二十一歳。

大島城からは、カルモナが病死したとの知らせが入ってきて、（そうだ、高遠城でもなにか人の役に立つことを学べと先生は仰せであった）松ヒメは一人うなずき、信盛の正室、藤夫人から城内の女性たちのあいだで盛んな機織を習いだしたのだった。

天正九年（一五八一）十一月、勝頼はかの人質、信長の五男、御坊丸（武田家で元服して織田勝長）を信長のもとへ返している。

築城中の新府城が未完成のうちに信長に攻められたくないために取った、苦肉の策であった。

信長は、勝長をただちに犬山城主にする。

勝頼のほうは、その年の暮れ、まだ、全部はできていない新府城へ移った。


天正十年（一五八二）。この年、長年にわたり、甲州・信濃に覇を張ってきた武田一族はあっけなくほろびる。

一月中にそれはまず、木曾谷の領主、木曾義昌の反乱ではじまった。

木曾氏は、木曾義仲の流れをくむ豪族だが、文禄四年（一五九五）、信玄に猛烈に攻めたてられ、降伏する。

信玄は、三女の真理ヒメを木曾義昌の正室に送り、親族として丁重にあつかった。

勝頼はそのへんの扱いがへたで、新府城築城のために多大な賦役を木曾家に課したものだ。

そこへ、義昌方の不満を察知した、神戸信孝（信長の三男）の調略の手がのびる。

勝頼の力量にみきりをつけ、領地をまもるために、義昌は信長方に内通する決意をし、その証しに織田家へ、弟の義豊を人質として送った。

一月二十七日、ひそかに木曾城をぬけだして、武田方にこの動きをしらせたのが、茅村左京進。かねて信玄が木曾方にしのびこませていた男で、義昌の近侍になっていた。

「一月二十日、信長公の朱印が木曾殿に下りました。美濃・信濃の境の雪が消えしだい、反乱とさだまってござりまする」

翌日にはもう、勝頼は、大軍を木曾へ向かわせる。

大手大将、武田信豊に三千の兵をひきいさせ、からめ手大将、仁科五郎信盛には二千の兵。織田軍が来ないうちなら、木曾軍は少数だから勝てるとふんだのだ。

武田家滅亡について記した「甲乱記」は、勝頼はあまりに拙速だったと批判している。知らぬ顔で、まず、新府城の完成に全力投球するべきであり、攻め手には不利な木曾の地形を考えにいれない作戦だというのである。

木曾義昌からは、叛意などさらにない趣旨をのべに、二人の使者がやってくるが、勝頼は聞かず、二月二日、自ら出馬していった。

その前に、人質にとっておいた木曾義昌の七十歳になる母、十三歳の長男の千太郎、十七歳の長女を、見せしめのため、木曾踊りをさせてから処刑してしまう。

二人とも、妹、真理ヒメの子だから、勝頼にとっては甥と姪にあたるわけだが、裏切った義昌への憎悪のまえには容赦なかった。当然、義昌のほうは、母、子どもたちを殺されてしまっては俄然、勝頼への憎しみがいや増すわけで。

塩尻峠まですすんだ武田軍は、まず今福筑前守が三千兵で、堅固な鳥井峠に向かう。

雪がのこっているけわしい高山。一つしかない木こり道をヒーヒーいいながら登っていくうちに、勝手知った木曾の兵士らが、猿のような敏しょうさで、あちこちからあらわれ、鉄砲を放ち、弓を射る。あるとも見えない横ざまの細道からもふいっとあらわれ、斬りかかってくるありさま。さすが勇猛の武田軍もばたばたと数百人も討たれてしまった。いよいよ危なくなったところにからめ手からまわった諏訪越中守、諏訪伊豆守、秋山紀伊守らが、助力にきて、双方、はげしく戦う。

武田軍は正規軍、木曾方がくりだしているのは、少数のいわばゲリラだから、ここでの合戦はなんとか武田方が勝ったものの、兵を大勢うしなったのは、痛手である。

勝頼の大軍は、贄川・奈良井にずらりと本陣を置く。木曾義昌は、これでは自分たちだけではとても勝ち味がないとわかり、信長に急使を走らせ、援軍を請うた。

（いよいよ武田をほろぼすときが来たか。）

信長は、岐阜城をまもっていた信忠を大将軍に任命し、三万余騎をひきいて、信州下伊那口に向かわせる。織田信孝には三万余騎をひきいて木曾谷へ。こちらは美濃の三人衆や根来衆など、山岳の戦いに強いものたちをあてる周到さだ。

あっというまに、武田方は幾万ともしれぬ織田軍を領内近く呼びよせてしまったのだった。

織田軍はまず、平屋（下伊那郡平谷村）、波合（下伊那郡浪合村）から伊那に攻め入ろうと、寄せてくる。

この地一帯の豪族は下条氏、小笠原氏で、かねて武田氏に臣従しており、勝頼から、平屋・波合で、防戦せよ、との伝令が幾度も発せられる。

下条氏、小笠原氏の手勢は三千余騎。

しかるに寄せ手は、何万だというではないか。

まず下条一族が動揺する。

武田のお館は、塩尻から甲府にのがれたとも、諏訪までもどったとも、風説はさまざまだ。そのようなありさまでは、織田軍に向かおうと一族討死するは必定。それより織田方にかえり忠すれば、伊那の半分は恩賞にもらえるのではあるまいか。うんぬん。

長である下条信氏・信昌父子だけが、この案に同意しない。

「長きにわたって甲州のご恩により繁栄してまいったに、命惜しさに心変わりするは勇士であるまい。われら父子は、命をかぎりに戦い、名を後世にのこす所存でござる」と、にべもない。

やむなく他の一族は、この上は、父子の首を挙げて織田軍にさしあげるしかあるまい、そうでなければ生きられぬ、と相談、陣屋で説いてまわり、たちまち多数が同調してしまった。

下条父子は、この動静をさとると、ここで味方に首取られるより、この場はいっそ逃れて、勝頼公の眼前で討死しようと、わずかの手勢で、のがれていった。

のこったものたちは、平屋の滝沢城に織田軍を呼びいれる。

下条氏より小勢の小笠原氏はといえば、かげろうが大樹をうごかそうとするごとき合戦をしてもいたしかたあるまい、織田軍にしたがおう、と一族が、長の小笠原信峯に進言、信峯もこの意見にしたがい、織田軍に服従するとの使者を送る。

このあたりでもっとも勢を張っている両豪族がこのとおりだから、あちこちの下伊那衆は、もはや武田への義理立ては無用とばかり、織田方に寝がえっていく。

かくて織田軍は、最初の切所、平屋・波合を合戦することさえなく、するすると占領できたどころか、その勢力は出発時よりいよいよ強大になっていったのである。

伊那危うし、と知って、このころ、高遠城主の仁科信盛は急きょ、城にもどる。

そして、まず、松ヒメに、わが娘、督ヒメと、人質の小山田信茂の娘、香具ヒメを託し、新府城へ避難するようにたのんだ。

松ヒメはこのとき、二十二歳。督ヒメは十七歳。香具ヒメは四歳。

人質といっても、小山田信茂の正室は、勝頼の叔母だから、松ヒメにも姪にあたるわけで。

松ヒメは兄、勝頼が、木曾義昌の母、子どもたちを、血祭りにあげたことを知っている。松ヒメにとっては、みな、なじみ深いひとたち。つつじが埼館にいたときには、よく訪ね、義昌の母の話し相手になったり、子どもたちと遊んでやったりしたものだった。

戦国の世の習いといえ、あのいとけない子どもたちを見せしめにして殺す兄が、怖いひとにおもえる。

そして、もし、高遠城が落ちれば、信忠さまの指示とは別に、血気にはやる兵士らが、この督ヒメと香具ヒメを手にかけるかもしれぬ。あるいは、その前に義姉さまが、手ずからヒメ二人の心の臓を刺し、自らも自刃されるのであろうか。

ああ、そのような無惨は見たくない。

信忠さまに、そのようなむごい殺人はさせたくない。

せめて、督ヒメ・香具ヒメだけでも、わたしが守りとおしたい！

出発は急であり、ひょっとして永久の別れとなるやもしれぬ旅立ちだが、信盛は明るく、

「そなたの傍らには、み仏が付いておられると、かねてわたしは思うておった。たとえ、新府城が危うくなろうと、あわてるでない。生き抜く道はかならずあることを忘れまいぞ。あくまで、命をだいじに、二人のヒメとともに生きてくりょう」

松ヒメをはげました。

けものみちにもくわしい、かねて松ヒメを慕っていた家臣を供につけてもくれた。

（兄さまは、新府城がもし落ちたらなどといわれたが、堅固に新しく築城したという城が、武田の城がどうして危なくなることなどあろうか。兄さまもお気が弱くなられたか）など、祈るようにおもっている。

だが、小人数の一行が、新府城へ着いたとき、城内の気配は異様で、落ち着きなくざわめいていた。

勝頼の留守をまもるものたちのところへ、つぎつぎ悲報がはいってきていたのだ。

「申し上げます。敵の大将軍、瑞浪に本陣を移したもようでござります」

「申し上げます。飯田の松尾城、降伏されました」

「申し上げます。大島城を信廉さま、捨てられ、こなたへ向かわれておりまする」

（ああ、叔父さま、どうかご無事で）

と願う松ヒメは、二月二十五日深夜、駿河をあずかる従兄弟、穴山梅雪の裏切りを知った。

人質として置いていた梅雪の正室ならびに嫡男の勝千代を、梅雪は、四、五百人の軍勢を向けてきて、うばいとっていったのだ。

気づいたものたちが大騒ぎして、追っていったものの、留守部隊とて、小人数ではあり、斬り殺されてしまい、みすみす奪いとられてしまったわけで。

それでも辛うじて跡をつけていったものが、織田軍の領内となった下山（愛知県東加茂郡下山村）にたしかに入っていっていんぎんに迎えられたのを見届け、いよいよ梅雪の寝返りがはっきりしてしまった。

梅雪の母は、信玄の姉であり、正室は信玄の次女だから、二重三重に武田家に縁がある男で、これまでだれがなんと言おうと、勝頼は彼を信じていたというのに、梅雪のほうは勝頼に見切りをつけていて、信長にひそかに黄金二千枚を送り、内通を約束していたのである。

そのころ、諏訪から茅野へ軍を移していた勝頼は、この知らせに愕然となって、新府城のある韮崎へと急ぐ。

武田危うし、とわかって、諏訪を発つときには七、八千いた武田軍団は、途上、ぽろぽろと姿を消していき、新府城へもどったときにはわずか一千騎ほどになってしまっていた。

四面楚歌、いよいよ織田軍は、決して降伏しようとしない高遠城攻略にかかる。

わずか前までいた城で、尊敬する兄が、夫となるはずだった信忠と、どのように戦い、果てたかは、信盛に命じられ、新府城まで馬を必死に走らせてやってきた信盛の近侍によって、松ヒメは知ったのだった。

そのとき、新府城に松ヒメはいない。

勝頼はあらましを聞いたあと、「その知らせ、すでに出発した松ヒメの後を追うて、知らせよ」と、近侍を追うようにして、発たせたのだ。信忠と信盛の合戦をくわしく知りたいにちがいない松ヒメをおもいやってのやさしい心配りであった。

馬を飛ばして追ってきた近侍によって、松ヒメは兄と信忠との合戦のあらましを知った。

二月二十九日、すでに高遠城近く攻めあがってきた信忠は、投降をすすめる書状を一人の僧にもたせて送ってきたという。

「木曾、小笠原、下条ほか信州一国中の士卒は、ことごとく降参させた、ことに飯田・大島城はわれから落ちたというのに、高遠城が今も堅固にがんばっているのは、神妙である。

しかしながら、勝頼はすでに諏訪をしりぞき、小山田をはじめとして、当方に討手の役を命じてほしいと申し出ている。

かくてはだれを頼みに、いつまで籠城するつもりであるか。早速に当方におもむき、忠節を尽くすのであれば、所領は所望のまま、当座のほうびとして黄金一〇〇枚与えるであろう。」

書状は最後に「信忠」のサインがしてあり、「高遠城中江」となっていたという。

（信忠さまは、きっと、その書状をわたしも読むとおもってお書きになられたのではないだろうか。）

松ヒメには、その書状が信忠の不器用な恋文にみえる。

（松ヒメ殿。われはここまでまいりました。どうか、われを信じて、お命絶つことなどなされるな。信忠、城を落とし、必ず必ず、お迎えに参じましょうぞ）

「して、兄さまは、いかが返答されましたか。」

尋ねる松ヒメは、返答などする兄でないことを知っている。兄にも、無敵をほこった名門、武田氏としての意地があるのだから。それに今、相対する二人は、同年齢、どちらも二十五歳、たがいにもっとも粋がる年でもある。

「はっ。『出家の身で、かかるお使いはなさらぬもの。今度ばかりはお命はお助け申すが、お耳お鼻を頂戴いたそう。重ねておいでならば、おん首いただきましょうぞ』

かように申され、僧の耳と鼻、そいで、返されました。

しからば、城介（信忠）殿は、いかにも立腹なされたようで、三万余騎を三手にわけ、ひしひしと攻めてまいりました。

小山田備中守さまは、信盛さまのお前にまいられ、『今日をかぎりの命でありますれば、城がまえも要り申さぬ。城外に出て一戦いたしてまいりますれば、ご見物なされませ。わたくし帰りましたのちにお自害なされましょう。冥土のおん供つかまつりまする。』

かように申されて、弟の大学助、渡辺金太郎を左右に屈強の軍兵五百人引き連れられて、大手口へ打って出られました。

その凄まじいこと、敵は七、八千はいようかという真ん中へ、達者な馬に乗って、一文字に切って入り、四方八方へ切りまわられました。

まさに鬼神のごときご活躍。

暫時、城ぎわでお休みあって、おのおのに申されるよう、『黒の馬に、紅の房を懸け、白地の金襴の衣装に、虎皮の頭かぶりし若武者こそ、城介殿にちがいあるまじ。どうせ死ぬる命、城介殿と取っ組んで討死してこそ、末代までも名を残そう。いざ、今、一戦せん』

かくて命知らずの兵を供に、城介殿めがけて、ぐっと斬りこんでいかれます。

されど、城介殿がわも、心利いたものあり、馬を替え、衣装も替えられましたゆえ、だれともわからなくなってしまい、そのうち、小山田備中守さまは五百人の兵も討たれ、股肱の渡辺金太郎も討死し、弟の大学助も半死半生のありさまとなられましたゆえ、城中へ立ち返られ、殿にご対面なされます。」

その場にいたという近侍は、二人の最期をなまなましく語った。

信盛は、自分も一戦してこようと城外へ出ようとして、小山田備中守と大学助兄弟に止められる。

大将の役目というのは士卒に戦をさせ、いよいよ事窮まれば尋常に切腹することだ、と。

そのうちにも、寄せ手はいよいよ間近にせまってきた。

そこで、最期をいそごうと、信盛たちは本城のやぐらに上がる。

「私が持参いたしました盃で、殿が三度くいくいとお飲みになられたところで、小山田備中守さまが盃を請われ、いわれます。

『恐れながら年来どれほど、じかにお盃を賜りたいと望んでまいりましたことか。今日、ようやく頂戴いたすこと、今生の妄執が晴れ申しました』

なかば戯れて仰せられたは、小山田備中守さまは殿に長年懸想されておられ、恋し床しの文をさしあげること幾千通、されどたった一夜のわずかの契りも賜らぬまま、過ごされておいででした。

このたび、高遠へだれか助勢に参れ、とのお館さまの仰せにどの武将も知らぬ顔でおったところを、小山田備中守さまが望んで助勢に参られたわけでございます。

備中守さまは殿自らのおん酌で、七、八杯もくいくいと飲まれましたろうか。

そのあと、殿は、さも快げに盃をお受けになり、『今日はひとしお興ある宴ぞ』と仰せあり、『何かよき肴はなきか』といわれるのに、備中守さまは『ここに御座候』いわれるより早く、脇差にておん腹を召され、その脇差を抜いて、殿のおん前に置かれ、うつぶせになって亡くなられました。

殿は、私をかえりみ、『そちは何としても城を抜け出し、お館さまにわれらの最期、お話し申せ』仰せられると、備中守さまの血塗りの脇差を取られ、『あら、近ごろ珍しき肴よな』といわれ、たちまちお腹を召されました。

大学助もまた、ただちに切腹。

このころ、殿の奥方さまたちも、お部屋にて、ことごとく自刃なされました。

残る武将たちは、まず妻子を斬り捨て、城内に火を放ち、わっとばかりに打って出て、幾度となく戦って戦って、一人残らず討死なされたのでございました」

(兄上らしいお最期)と松ヒメは思う。

(殿方にとって、妻や子よりも、ともに戦った男たちこそ、最も濃い縁なのだろうか)とも疑い、さみしい気も少しあり、また、信忠が、討たれなかったことを心底ほっとしてもいるのだった。

(城内にふみこまれた信忠さまは、第一番にわたしのことをお探しではなかったろうか。きっと、そう）と思ってもいる。

高遠城落城は、三月二日。

翌日には、織田信忠は、上諏訪に到着。まさに怒涛の勢い。

高遠城の最期を正確に、兄、勝頼に知らせよ、と近侍に命じた仁科信盛の真意は、もはやほろびるしかない武田であることを悟り、それなら西国にまで名を馳せた信玄の跡継ぎらしく、じたばたせずに新府城で織田軍を苦しめた末に、いさぎよく自刃してほしい、とのメッセージを伝えたかったのではなかろうか。

勝頼のほうは、まだまだいける、と思っている。

高遠城落城のしらせが来るまえの二月二十八日、新府城では今後の方策をきめる軍議がひらかれていた。まだ築城途上のこの城は、たてこもるには不向きだから、どこかへいったん居を移して、再起をはかろうと勝頼は考えている。

ではどこへ移るのがよいか。

この間、陪臣ながら、新府城の作事奉行でもあり、亡き信玄に寵愛されて「わが眼」とも呼ばれていた真田昌幸が、いったん甲州をはなれて上州へ、真田家の持ち城、岩櫃城へのがれることをすすめる。

「城は堅固、ちっとやそっとで落ちるものではございません。織田軍も上州まではなかなか攻めてこられますまい」

（そうは言っても、もともとは人質であったこの男、どこまで信じられるか）

近臣たちは、昌幸のすすめに同意しない。

それより、北条夫人の北条氏の領地にも近い、古くからの重臣、小山田信茂の居城、岩殿城に避難したらどうか、といいだすものがあり、小山田を呼び出すと、わが城は堅固で、細い道が連なっているゆえ、敵もたやすく攻めては来られますまい、どうか、お越しなされませ、と胸を打って表向き、引き受けたのであった。

信玄に「文武両道の仁」と瞠目され、各所の合戦で、外交面で、はなばなしく活躍した小山田信茂。

武田の重臣ではあるが、南都留に根を張る国人であり、独立性が強い。

信玄には敬服していたものの、勝頼と心中する義理をもっているわけではなかった。

結局、勝頼の力量では、膝を屈して、織田信長に降るか、新府城にこもって最期をとげるか、二つの道しかなかったのではあるまいか。

ともあれ、岩殿城へ移動ときまって、勝頼は、松ヒメを呼び出す。

このさい、幼いヒメ、貞ヒメだけでも、北条夫人の実家である北条氏にあずけてしまったほうがよさそうだ、と夫人とも相談し、松ヒメに託したのである。

貞ヒメは、三歳。

松ヒメは、高遠城の兄からあずかってきた二人のヒメ、十七歳の督ヒメ、四歳の香具ヒメ、さらに三歳の貞ヒメをあずかって逃避行をせねばならなくなった。

勝頼は、かつて信玄の近侍であり、文武両道にすぐれた窪田新兵衛を守り役として、松ヒメに付け、警護をたのんだ。

「これはヒメさまたちの安全のため、一刻も早くご出発を」との、窪田新兵衛の判断が適切だったことで、松ヒメ一行は助かったといえるであろう。

二月二十九日早朝には新府城を後にしたと思われる。

幼い貞ヒメ、香具ヒメはそれぞれ侍女が抱き、松ヒメ、督ヒメ、二人に仕える侍女二名、都合五丁の輿を二十人ほどの武士が守って、道中を急いだのであろう。

実は、松ヒメ一行の逃避行については、定説はないようで、それだけ関心を呼ぶらしく、各人各説、多岐にわたっている。

先述の松姫峠にしても、どうやらのちに名づけられたものらしい。

おどろくのは、若い、大勢の松姫ファンがいること。彼ら彼女らは、車や、バイクや、自転車などで、これとおもわれる道筋をたどっている。

なかには、高遠城から八王子の信松院にいたるまでの道のりを、ああでもないこうでもない、とぶつぶつ言いながら、写真を撮ったり、一行が寄ったかもしれない寺を丹念に尋ねたりしている。

猛烈な速さで過ぎていく二十一世紀にあって、難儀な道のりを徒歩で歩きとおし、武田家の遺児たちを守りぬいた松ヒメの強さに、なにか共感するものがあるのだろうか。

出発の日時もさまざまで、推測するしかないのだが、穴山梅雪の裏切りを知るまでは、新府城はなお、安全におもわれ、滞在していたのではあるまいか。


一行は、まず、古府中（甲府市）にある盲目の僧の竜宝（父は信玄、母は三条夫人）が差配する入明寺に寄ったのち、石和を領する、松ヒメの亡母、油川千里の実家に一泊したことであろう。

三月一日早朝、笛吹川をわたり、上栗原にある武田家と古くからかかわり深い尼寺、開桃寺（海島寺）へ向かう。武田家歴代の家臣のヒメたちが、尼僧となっている寺だから、安心この上ない。

ただ、窪田新兵衛は、疲れた一行をはげまし、まだ、ここでは心配だから今少し、山深いところへ隠れねば、と主張する。

尼僧たちの助言で、翌朝三月二日、一行はさらに北上し、やはり武田家とかかわり深い塩山の向嶽寺へと避難する。

向嶽寺の僧たちの対応も早かった。

裏山の塩山ににわか造りの小屋を建て、そこにヒメたちを住まわせたのだ。

松ヒメが、兄、仁科信盛の最期のありさまを、尋ね追ってきた近侍から聞いたのもこの寺であった。

勝頼が新府城に火を放ち、小山田信茂の岩殿城をめざして出発したのは、三月三日だから、薄氷をふむように危うい逃避行といえた。

なにしろ、松ヒメ一行はまだ輿に乗って出発したというのに、お館さまである勝頼が出発するときには、必要な馬三百頭、人夫五百人をつのったものの、みな逃げ散って、あらわれず、辛うじて北条夫人が乗る輿一丁を調達するのがやっと。侍女たちは、土をふんだことさえない足で、わらじを履き、菅の笠をかぶって徒歩で歩き出す始末であったのだから。


勝頼父子、北条夫人らのあわれな最期のありさまが、松ヒメのところにもたらされたのは、いつだったろうか。

そして、いくつもの難所をこえ、織田軍の目を避けて、ヒメ一行が、八王子へのがれたのは、いつだったろうか。

恐らく冬のうちは身動きがとれず、少しあたたかくなった四月ころに、冬眠していた虫たちがうごきだすように、ヒメたちも、難儀な山越えを強行したであろうと思われる。

騎虎の勢で勝ち進んだ織田信忠が、新府城の焼け跡に着いたのは、三月六日。翌日は古府中へ。そして、追われた勝頼一行が、四面敵のなかで、自刃していったのが、三月十一日。

その首級を手にした信忠は、松ヒメの動静をひそかにさぐり、間者の報告で、向嶽寺に隠れすむことを知ると、「しばらくそっとしておけ」と指示したことであろう。

松ヒメには会いたい、側室にしたい。だが、武田一族が滅亡したばかりのときに保護しようとすれば、ひょっとして自刃してしまうかもしれない。それはどうしても避けたい。今しばらく時を置こう、動静をそっとみはらせ、危害をくわえるものがないよう、ひそかに指示しておこう、そう思案したにちがいない。

その信忠の配慮があったからこそ、向嶽寺の隠れ家もあばかれず、四月になってからの逃避行も可能だったのでは。

そうともしらず、織田軍の目をぬすみ、向嶽寺にひそかに訪ねてきた武田ゆかりの僧侶によって、勝頼らの最期を、松ヒメらは知ったのであろう。

それは甲州・信濃に雄を張り、天下制覇をめざした武田一族の終焉としては、あまりにはかないものがあった。

僧は言う。

「お城に火を放ち、発たれましたお館さまご一行は、その夜は柏尾の山里にて、あやしげな土民の家ともいえぬ家に泊まられました。供のものたちは、木の陰や岩のはざまに、むしろを敷いて横たわられるありさま。

ところがかねての約束で、小山田信茂が迎えにまいるはずが、一向にまいりません。ここではあまりに無用心ということになり、駒飼と申す山家へ移りました。

三月九日の夜、人質に置いていた小山田信茂の母と子が、かけ落ちいたしました。見つけたものたちが追っていくと、小山田領内にはいったところで、鉄砲で撃ちかけてまいり、さては寝返ったな、と騒然となったのでございます。

もう岩殿城へは向かえない、天目山を最期の地とさだめようと、不眠不休で、向かい、十日、田野と申すところに着かれました。

明くれば十一日、天目山にはその地の国人が、また、つい先ほどまで寵臣であった秋山新兵衛殿までが、敵にまわり、一歩たりとも入れぬ、と鉄砲を撃ちかけてまいります。たちまち身体窮まるありさまとはなられました。」

新府城出発のさいには、五百人いた供のものは、わずか五十名余になっていた。

皮肉なことに、勝頼が目をかけ、多くの所領をもらったものほど、逃げ散ってしまったり、敵方にまわったりした。天目山の国人とともに鉄砲を撃ちかけてきた秋山新兵衛など、最たる例で、勝頼の母、諏訪夫人に仕えていた侍女の子であるとだけの縁から、寵愛され、多くの所領をもらい、傍若無人のふるまいで、心あるものからは眉ひそめられていた男だ。

いよいよ進退きわまったなかで、跡部尾張守が、何とか天目山の国人らに工作して、山に登り、世間の模様をみたらどうか、と進言する。

それを聞いてたまりかねたように、若い土屋右衛門尉が口を開き、諫言した。

跡部尾張守の仰せは、いかにも未練におもえる、と。数代の重臣、小山田信茂さえ、敵にまわったありさまではどんな鉄城鉄山にこもられるとも、もはや、ご運が開けるとはおもえない。

「侍たるものは死ぬべきときを知ることが肝要」と、ご当家の遠祖、八幡太郎義家公の直文にもある。本来ならたとえ小勢でも新府城で命をかぎりに戦って、弓矢が尽きれば尋常にお腹を切られるべきであった。それでこそ、信玄公以来の武勇を残させたまえたというもの。

勝敗は時の運ゆえ、負けることは少しも恥ではない。ただ、戦うべきときに戦わず、死すべきときに死なぬのが弓矢の家の傷となり申そう。

跡部尾張守は赤面し、勝頼は若い土屋右衛門尉の歯に衣着せぬ諫言に、胸のなかのもやもやも一挙に晴れるようで、ここにて自害しよう、と心定めたのであった。

僧は、勝頼、北条夫人、勝頼の嫡男で十六歳の信勝のいさぎよい最期を語った。おそらく必死に語るうちに、多少の粉飾もくわわったではあろうが。

「まず十六歳の信勝さまのお最期とおん戦い。みごとであられました。武田家の親族で、大竜寺の鱗岳さまが、古の義経、木曾義仲の奮戦にも劣るまじ、と嘆賞されたほどで。さよう、鱗岳さまは僧侶の身なれば戦わずとも後世を弔ってほしいとのお館さまの仰せに、この期におよんで僧俗の区別などござろうか、冥土までもお供いたしましょう、と残られたお方でございます。

さて、戦うときも、二人一緒であられましたが、信勝さまが仰せには、はや存分に戦った、この上は賊徒の手にかかるより、たがいに刺し違え、冥土の導きを頼むぞ、と。松樹千年もいずれは朽ちよう、朝顔の一日の栄えも所詮、同じこと。かよう仰せあって、刺し違え、亡くなられました。幼少よりお世話してまいった河村下総守も、たちまち腹を切り、おん亡骸に抱きついて亡くなりました。

ご辞世は、『あだに見よ　だれも嵐の　桜花　咲きてちるほどは　夢の世の中』と、こうでございました。

南無阿弥陀仏、南無阿弥陀仏。

お館さまは、北条夫人だけはなんとか小田原に送り届けたいと願われており、その旨、夫人にも幾度も仰せでしたが、夫人はどうしてもそれはできないといわれました。お館さまを心底慕っておいでしたろう。

はや七年、連れ添い申し、たとえ小田原にまいったとて、あなたさま亡きあと、どうして生きていけと仰せられますか。ともに自害して、死出の山三途の川をも手に手を取って、越えとうございます、と仰せあり、辞世の歌を詠まれました。

黒髪の乱れたる世ぞ　はてしなき思いに消ゆる　露の玉の緒
おう、南無阿弥陀仏、南無阿弥陀仏。

その合い間にも敵は寄せてまいります。

例の土屋右衛門尉が、真っ先に立ちふさがり、散々に弓を射て、矢種尽きるや、太刀をふるって敵のなかに駆け込み、縦横に戦います。

他の武将も、今日を限りの命とて、必死に戦い、敵を遠ざけるあいだに、北条夫人は西に向かって念仏申され、脇差にて自害あそばしました。

おん自ら戦われていたお館さまは、これを知るや、夫人のもとへ駆け寄られ、血に染まられた雪のごときお体をおん膝の上に抱き上げられ、泣かれます。

『不運のわれに連れ添い、この姿。前世の宿業なれば力およばず。せめて死出の山三途の川はともに参ろうぞ』

かように言われ、おん腹召され、同じ枕に伏されました。

ご辞世は、『朧なる　月もほのかに　雲かすみ　晴れて行方の　西の山の端』でございました。

おん年、三十七歳にて、田野の草葉の露と消えられました。

南無阿弥陀仏、南無阿弥陀仏」

僧は、さらに、松ヒメたちが途上で立ち寄った、入明寺の竜宝の最期も知らせたであろう。勝頼父子の最期を知るや、竜宝はただちに自害したという。

「信廉さまは、お逃げになるところを捕らえられ、あわれ、古府中の河原で、斬首されました。葛山信貞さま（信玄の六男）も討たれました。名のある武将たち、なべて討死か、自害なされました」

と聞くのも悲しい。

勝頼の命で、小諸城に向かった従兄弟の猛将、武田信豊も、すでに城代は寝返っており、攻め入って討死するしかないと思い決め、事実、そのとおりになった。

（ゆかりのある方々、なべて滅びられた）

僧は、さすがに三月十四日、信濃の波合までやってきた信長が、勝頼、信勝父子の首と対面し、飯田でさらし首にするよう命じたことまでは言わなかった。両人の首はその後、京まで運ばれ、賊徒として獄門にかけられたのである。

裏切った小山田信茂の末路も聞けばあわれなものがあった。

三月十三日、信忠に呼び出され、さては恩賞をもらえるかと喜んで出向くと、たちまち捕らえられ、本人のみならず、七十歳あまりの母、妻、八歳の男子、三歳の女子までも、皆殺しにされてしまった。同じく寝返った秋山新兵衛も、信忠の命により、殺され、遺骸は路頭に放られたままになった。若い信忠には、重臣でありながら、主を裏切った両人の所業が、なんとしても許せなかったのであろう。

松ヒメは、(わたしだけが生き永らえた!)と思い、兄たちが自分に託したヒメたちをなんとしても守り抜かねば、と堅く心に決める。

安住の地におちつくまでは、一族の死をなげいてばかりはいられないのだった。

小山田信茂の娘、幼い香具ヒメにまで、(裏切り者の娘が!)と、お供の者たちのきつい目が注がれるのを、諫めねばならなかった。

「父は父、娘に罪はありませぬ!」

大島城でカルモナに教わった道理が、ここへきて役にたっている。

追っ手を恐れる窪田新兵衛の判断で、雪が解けかかるのを待ちきれず、松ヒメ一行は、はるか東、上恩方の尼寺、金照庵をめざして旅立ったろうか。

そこへ行くには、大菩薩嶺のいずれかを越えねばならない。

今、道路地図をながめただけでも、それがどんなに難行苦行の旅程であるかわかる。しかも、怖いのは大自然だけでなく、落ち武者や女性たちをねらう強盗たちの跳梁であったろう。ヒメにつきしたがった武士たちが、窪田新兵衛はじめ、いかに武勇すぐれた武士たちであっても、幼女とうら若い女性をともなっての道中は、どれだけ緊張の連続であったことか。

一行を常にはげまし、安堵させたのは、松ヒメが天性もっている明るさであったろう。

松ヒメには、（大丈夫、自分たちは道中を無事に乗りきれる！）漠然とした自信があった。たびたびの危機に遭遇したとき、必ずそこに救い手があらわれることで、その自信は増していったのだった。救い手は、間道にくわしい木こりであったり、だまって食事や宿を提供してくれる山家のひとびとであったり、山賊をしりぞけるのに助勢してくれ、さっと立ち去っていった僧形のものであったりしたが。

だれにもいえぬことながら、松ヒメはその助勢のなかに、信忠の影を感じていた。じっと彼が、自分たちの逃避行を見守ってくれている気がするのだった。

そのころ、信忠はどうしていたか。

四月三日、古府中の仮御所にはいった信忠は、父、信長の命により、信玄墳墓の寺、恵林寺の僧たちを山門の上に追い上げて火を放つ。快川和尚ほか、八十四名の僧たちがなべて焼き殺された。仏殿も僧堂も鐘楼も、一切合切、焼き尽くされ、焦土となった。

快川和尚は、結跏趺座し、「心頭ヲ滅却スレバ火モマタ涼シ」と動じなかったが、若い僧たちは、柱にだきついて焼死するものや、何人かで抱き合って死ぬもの、少年たちは、炎のなかでただ泣き叫び、おらび、焼け死んでいく傷ましさであった。

信忠は、五月には岐阜にもどり、十四日、安土城へもどっている。

翌日に、駿河一国をもらった礼に、徳川家康が上京。十七日には中国へ出陣している秀吉から、救援依頼が来たため、家康の接待を命じていた明智光秀に、信長は出陣命令を出した。

恵林寺焼き討ちを知ることなく、松ヒメは出発したのだろう。

冬のさなかには行けまいから、四月早々に出発したのだろうか。それでも、雪は残っていたろう。

松ヒメ伝説が多くのこされている桧原村。案下川の沢近くの渡辺家でヒメたちは休んだといわれている。塩山を出てから八王子、上恩方の金照院（上恩方第二小学校の校庭の一部）にたどりつくまで、どれだけの日数がかかったものか。

預かったヒメたち、だれ一人をも失わずに目的地にたどりつけたのは、奇蹟に近い。

四月に出発したとして、五月になるころ、ようやく到着したものか。五十日かかったとの説もある。

八王子は、北条氏政の弟、氏照の領内。

勝頼とともに散った妹をあわれにおもう兄、北条氏照は、事を荒だてず、そっと尼寺のヒメたちを見守ったのであろう。松ヒメたちを守り通してきた窪田新兵衛たちはどうしていたか。尼寺に入れない彼らは、荒れた土地を拓きながら、忍び暮らしていたのだろう。

金照寺で長旅の疲れを癒している松ヒメのもとへ、信長・信忠父子の訃報が伝わってきたのはいつだったろうか。

五月二十六日、かねて信長の施政に異議があった明智光秀は、この日、信長に、丹波・近江のゆたかな領国を召し上げられ、敵地である出雲・石見を与える、と言い渡されたことで、決起の決心をする。

そうともしらぬ信長は、百五十人ほどの小勢で、二十九日、上洛、本能寺へ入る。

六月一日、信忠は父と珍しく夕餉をともにした。それが最後の晩餐となった。

その頃すでに一万三千の軍勢で、明智光秀は、丹波を出発、信長の首を取るべく、篠村八幡宮で祈願し、その決意を一同に告げていたのだ。

本能寺を急襲された信長が自刃したのは、二日早暁。

妙覚寺に泊まっていた信忠は、知らせを聞くや、死を逃れられぬことを知り、二条新御所に向かい、ミカド・公卿たちに退去してもらって、たてこもる。

信忠の脳裏には、高遠城でいさぎよく散っていった同年齢の仁科信盛のことが浮んだのかもしれない。

（奴が信玄の子なら、われも信長の子ぞ。奴には負けまい。）

やがて攻めてきた光秀軍と獅子奮迅の勢いで戦い、力尽きると自刃する。かつて武田の人質となっていた勝長も異母兄とともに戦い、自刃した。


（これで、わたしの知っている殿方は、なべて亡くなられた！）

松ヒメは信忠の死を聞いて、悲しみとともに、一区切りついた気がしたのではなかったろうか。一度も会わぬままに、生涯にただ一人の男と慕い、心に浮かべぬ日はなかったとはいえ、その男は武田一族すべてを滅ぼしつくした男でもある。もし、あらためて求婚されたとしても、応じることはできなかったろう。

（それにしても、殿方というは、なんと戦好きなひとたち。格好をつけるひとたちであろうか）

彼岸では、兄、信盛と、織田信忠が、たがいによく戦った相手を称え、酒を酌み交わしているのではないだろうか。父たちの野望を恨むこともなしに。

（殿方が戦にかけられる情熱を、ほかのことに注がれたならば、どんなにかこの世は住みよかろうに）と繰言を言ってしまってから、もう後ろ髪引かれることなく、剃髪し、尼として、後半生を生きられそうだ、とおもう。

武田一族、織田信忠はじめ非業に亡くなっていった数多のひとびとを悼み、同時に非力な自分をも頼ってくるにちがいない武田の遺臣も助けていかねばならない。

（松ヒメさま、万事これからでありますですよ）カルモナの笑い声が聞こえてくるような気がする。

松ヒメは心定まると、氏照の禅の師、川原宿の心源院の卜山禅師によって出家する。信松尼の誕生である。

織田がほろびたことで、あちこちに逃げまわっていた武田の遺臣たちが、そんな松ヒメのもとへぼつぼつとやってきていた。

これまで行商人になったり、鉢をもって托鉢僧になったりして、世を忍んでいたものたちである。彼らから、松ヒメは夫を失った女性たちがたどった傷ましいできごとの数々を聞いた。

勝ち誇った織田軍の兵士に手篭めにされたものは多く、家財道具一切をうばわれ、ゴミのように長年住み慣れた屋敷から放り出されたものもいた。ヒメとしてかしずかれてきた娘が、奴隷のように顎で使われる境遇になったりもしている、と。

わけて傷ましかったのは、松ヒメもほのかに知っているかつての侍女で、名だたる武将のもとへ嫁入りし、家を守って暮らしていた。それがこの度の戦で、夫は討死してしまい、屋敷に攻めこんできた織田の士卒たちに身ぐるみはがれ、財宝すべてうばわれて戸外に放り出される。そうなると長年仕えていたものたちもてんでに逃げていってしまい、七歳の男子と三歳の女子をかかえて、よるべなくさ迷うこととなった。

しばらくは、善光寺の縁下、上條の地蔵堂あたりなどをうろうろとさ迷い暮らしていたが、助けるものもなく、口に入れるものとてない一つもない日が、幾日か、つづいた。

「このような世に生き永らえて苦しむより、命を捨てたほうがかえって幸せぞ、もう惜しいこととてない世、仮の宿りでしかないこの世に執着することがあろうか、かように思い切られましたげでございます。

阿弥陀仏に、南無阿弥陀仏、どうか迎えとらせたまえ、としきりに念仏し、有明の月に照らされるなか、涙とともに、男子を背に負い、女子を前に抱き、笛吹川の深淵に飛びこんでしまったと申します。このような例、ほかにも多々あり、と聞き及びました」

松ヒメはあまりの傷ましさに胸がつぶれる思いがし、せめてその者たちの後世を弔いたいと、幾日か食も絶って、念仏しつづけたことであった。

松ヒメらの試練も、終りにはならない。

天正十二年（一五八四）六月二十三日、天下を取った秀吉により、北条氏は攻められ、八王子城に立てこもった氏照は奮戦したものの、城は一日で落城、氏照は氏政とともに降伏ののち、切腹。心源院もこの戦闘で、焼け落ち、跡形なくなってしまった。

しかし、松ヒメはへこたれぬ。

「大丈夫、み仏が付いておられますよ」

明るく一同をはげまし、とりあえず焼け跡に焼けぼっくいで小屋をたて、焼け出されたひとびとをはげまし、怪我人の治療をおこなった。

ともに焼け出されたもの同士の連帯感が、土地のものたちと松ヒメらのなかに生まれていった。松ヒメの明るさと聡明さを慕うものが、武田の遺臣だけではなくなっていったのだ。

松ヒメのための草庵を立てよう、遺臣たちや土地のものたちの尽力のなかで、八王子台町に、小さな庵、金龍山信松院が開基する。ときに松ヒメは二十三歳。

やがて、関東へ、北条氏の代わりに新しい主人、家康がやってくる。

家康は、武田信玄に仕えて黒川金山の開発、財政面に抜群の才をふるった大久保長安に、北条氏照の所領地、八王子を与えた。

これは松ヒメにとってまことに幸運だったといえるだろう。勝頼の代になって疎まれ、甲州から離れていたことが長安に幸いし、家康がその非凡な経営の才に着目したわけで。

家康が天下統一するや、その才を伸ばしに伸ばして「天下の総代官」と恐れられるようになる長安だが、八王子を与えられた長安は、八王子宿の建設をすすめ、浅川の氾濫をふせぐため石見土手を築き、八王子は繁栄する。

また、武田の遺臣たちの活用をおもいたち、国境警備の重要さを家康に説いて、遺臣たちを中心に、八王子五百人同心を誕生させる。慶長四年（一五九九）には、千人にふやし、八王子千人同心となるのである。

窪田新兵衛が、同心頭であった。

そのころ、信松院の松ヒメは、自立を志して、高遠城でおぼえた機織に精を出していた。織り方にも工夫をくわえ、「信松院の庵主さまが織られる織物は、これまで見たこともないすてきな柄よ。教えていただきたいわ」

しだいに評判になってきて、近隣から娘たちが、うきうきと習いにやってくる。

（ようやく泰平の世になっていくとはいえ、女が自分の力で生きていくためには、文字を知っていることも必要）と考える松ヒメは、気安く、娘たちに手習いも指南する。

カルモナに伝授された、怪我のさいの応急処置、薬草の見分け方なども、折りにふれて教えた。

尼になっても、いくつになっても、美しいヒメであった。内面からにじみ出る気品ある美しさを、娘たちは慕い、だれにも分け隔てなく対する、ヒメの器量に心打たれずにはいられなかった。松ヒメファンは、ふえるばかりであった。

幼かった勝頼の娘、貞ヒメは、家康の配慮により、やがて徳川秀忠に仕える名門の武将、宮原義久に嫁ぎ、幸せに過ごし、夫の死後二十九年後、八十一歳という高齢で亡くなった。墓所は、足利市駒場・東陽院。

仁科信盛の娘、督ヒメは、病弱だったといわれ、法蓮寺（八王子川口町）で出家している。慶長十三年七月二十九日没。墓所は極楽寺、屋根付きの卵がたの墓に眠る。

小山田信茂の娘、香具ヒメは、貞ヒメと同じく、家康の配慮で、陸奥国磐城平藩主の内藤忠興のもとへ嫁ぐ。夫は十二歳年下であったという。嫡子となる内藤頼長を生み、他にも男女一名ずつ、子を持った。延宝二年（一六七三）没。鎌倉市光明寺に墓所がある。

松ヒメは、ヒメたちを守り抜くという、兄たちに託された仕事を、困難のうちにやりとげたのだ。長安は、そんな松ヒメに敬服し、終始、厚い保護の手をのべている。のちの会津藩主初代・保科正之（秀忠の隠し子）を異母姉の見性尼とともに誕生ほどなくあずかり養育したのも松ヒメであった。

松ヒメが没したのは、元和二年（一六一六）、五十五歳であった。

＊

二〇〇七年二月十六日、松ヒメ開祖の寺、信松寺を訪ねる。

寺に安置された松ヒメの坐像のご開帳を、毎月十六日におこなっていると知ったためで。

西八王子から七分ほど南東へ行ったところに、寺があり、門のわきに笠をかぶった旅姿の松ヒメ像が立っている。

途中、不安になって、散歩中の中年の男性に、「あの、信松寺はこの道を行って大丈夫でしょうか」尋ねると、「ああ、松ヒメさまのお寺ですね。もう、すぐですよ」と教えてくださる。「松ヒメさまのお寺」と返ってきたのが嬉しい。

境内には、紅梅、白梅が咲いていた。

本堂近くの古びた石碑に目を留めると、「武田信玄公息女松姫君御手植ノ松」と題して、心源院からここへ移ったとき、姫が輿に入れて運んできた鉢植えの松で、天正十年秋、姫自ら、鉢から抜きだしてここに手植したもの、と記してある。

書は、「明治三十八年当院二十五世」とあり、建立者は「武田信玄公近習役窪田新兵衛十一代孫窪田榮」と刻んである。近習役と刻んだところに武田信玄の遺臣である誇りが、それから十一代経っても生き続けているのを知る。ただし、肝心の松は絶えたらしく、見当たらなかった。

案内を乞うと、ご住職が出てこられ、「どうぞ、どうぞ」と案内してくださる。

大きな何も置いていない一室の正面に、木彫りの小さな仏像が安置してあり、その部屋の右横のふすまを住職が開けると、そこが松ヒメを祭る部屋で、中央に、凛と胸を張った美しい尼僧の像が、おだやかな目をして、すっと座っていた。清楚な紺の衣がすがすがしい。

「信玄公御秘蔵、陣中守本尊」が、坐像の隣に安置されている。三人のヒメたちを守って新府城を発とうとする松ヒメ一行の無事をねがって、兄、勝頼が手渡したものであろうか。

位牌の法名は、信松院殿月峰永琴大禅定尼。

琴の一字が入っているのは、ヒメが殊のほか、琴に心を寄せるひとであったゆえとおもわれる。

草庵の夜、月光を頼りに松ヒメが奏でる琴の音が、このあたり一帯に嫋々とひびきわたり、なにがなしひとびとの胸を打つこともあったろうか。

ヒメ自筆の書簡も展示されていた。しっかりした書体。

信松寺は、いくつもの棟をもち、床暖房がほどこされ、栄えているようだ。

受付に「遅くなってごめんなさあい」と長身の女性が駆けてきて、「先生、皆さんお待ちかねですよ」と言われながら、さっと靴を脱いで、奥へ入っていく。

ほどなく、どこからともなく、のびやかな女性合唱が聞こえてきた。

寺の裏手の墓地には、小高いところに、開祖であるヒメの屋根付の卵塔があって、にぎやかに花が供えられている。八王子の冬の空は青く、近くの大樹でヒヨドリが鳴いている。

国内での戦争こそ絶えたが、この星の上では、まだあまたの戦争が絶え間なくつづいていて、おびただしい無辜の血がながれ、今この瞬間にも、幼い子どもたちが泣き叫んでいるのを、ヒメは聴いているであろうか。

信松寺をあとにして、仁科信盛の遺児、督ヒメの墓所、極楽寺へと向かう。

途中、八王子市立郷土館があったので寄ってみる。

数万年前からヒトはこの地に住んでいたらしい。

赤ん坊を抱いた女性の土偶も出土しており、縄文式土器、弥生式土器もさまざま展示されている。

養蚕がさかんな地であったらしく、また、しっとりと落ち着いた柄の反物も展示されている。

その織物をひょっとしてひろめるのに尽くしたかもしれない松ヒメのことは、一行も記されてないのも、いっそすがすがしい。

極楽寺境内には、「玉田院墓」という案内板があって、督ヒメの墓碑の在りかが、すぐわかった。

これも、屋根付の卵塔である。

松ヒメに養育されていたヒメだが、やがて仏道に帰依し、大久保長安に請うて、元横山村大義寺の西隣に一寺を建ててもらい、玉田院と称し、「玉田禅尼」といわれたとのこと。二十九歳で没している。

百二年経った正徳五年（一七一五）七月、仁科信盛の曾孫、仁科資真が、この極楽寺に改葬している。やはり松ヒメを頼って、武田一族、武田の遺臣たちは、ぞくぞく八王子へ集まってきていたのだ。そして、大久保長安の発案により、八王子千人同心として、町を守り、五十人交代で、日光東照宮警護の役を命じられ、忠実にはたしている。

松ヒメらを保護してくれた家康への感謝の念を、子々孫々まで忘れなかったのであろう。


記念に買ってきた、松ヒメの素焼きの人形を机上に置いて、つくづくと眺める。

白い頭巾、紫の衣に数珠。小さくポチャリとした唇。伏し目でなにごとか祈っているさまなのが、可愛らしい。

甲斐を中心に覇を張った武田一族は三代であっけなくほろびたが、たった一人のヒメが、力によらず、もっぱら徳によって、異郷の地で根を張ったことが好もしくおもわれ、人形の小さな白い頭巾を撫でる。

堀ろく女　遺書解説

え、堀ろく女ってだれ？　たいていの人が言うだろう。

堀美作守親良の娘で、堀左近の妻であったといっても、はて、それがどうした、と首をかしげられそうだ。

四代将軍家綱の代、万治元年（一六五八）正月九日、抗議の遺書を遺して自害したことだけがわかっている。

その遺書を、だいじに守り、後世に伝えたものがいたことで、いま、ろく女の無念を知ることができた……。

遺書は、堀半左衛門夫妻あてに出されている。

半左衛門は、おそらく堀左近の叔父ではあるまいか。そして、ろく女にとって信頼できるひとたちだったのであろう。

ろく女の無念を思いやり、いつの日か、彼女の名誉が回復されることを願って、遺書をどういう手段でか、大切に保管してくれるひとに託したのであったろう。

＊

さようでございます。ご承知のように、おろくさまは、わが夫、半左衛門さまの甥にあたる堀左近さまに嫁してまいったひとでございます。

同じ堀家といえ、分かれたのはだいぶ昔、さして日ごろの付き合いもなくなっておりましたが、おろくさまは、生来、古典に親しみ、歌も詠む女性と知って敬遠するものもあり、婚期がいささか後れておられました。

一方、左門さまは放蕩三昧のお方にて、気ままがよいとこれもなかなか嫁取りをうべなわずにおりましたところ、歌を詠むといっても、おろくさまは高慢なところなどない、つつしみ深い人がら、左門殿にいかがか、と親戚中にて仲立ちするものがございました。

わが夫の兄、堀新右衛門さまは、これこそわが堀家の嫁御にふさわしい女子よ、と、膝を打って喜び、お受けなされます。

わが夫と同じく、新右衛門さまも、中国の史書はじめこの邦の歌集、古典まで好まれるお方。

ところがあいにく義姉上さま、おしげさまは、本を見ただけでも頭が痛くなるお方。日ごろ、閑さえあれば読書にふけり、似通った友と興じ、悠々自適、栄達に無関心な夫を面白く思っておられません。

「本を読んで禄がふえるわけでもあるまいに、無用な金子使われて。それより上役のご機嫌うかがうがだいじ」と、とかく書物を仇のように思われるゆえ、新右衛門さまもなかなかご苦労がおありでした。

分家したわが家に参られて、

「よいのう、そなたは！　嫁御と読んだ書物の話ができるとは！」羨まれたこともおありでした。

おしげさまのほうは、

「わが家に無用なものを好むものがふえては困ります」と反対されたとか。

嫁取りのご本人、左門さんといえば、おしげさま似で、読書は大きらい。武芸は達者で、剣の道場ではなかなかの腕ながら、わがままな性格ゆえ、へつらう取り巻きにかこまれ、まっすぐな正義派の剣士とは気が合いません。

「おまえが甘やかしたゆえ、左門も今のままでは先行きが心配じゃ。しっかりした嫁がおれば身持ちも改まろう」

こう言われては、気の強いおしげさまも、あくまで反対はできかね、承知なされたのでありました。左門さんは、なに、嫁がこようと俺はやりたいようにやるぞ、内心おもっておられたか、反対はされませんでした。

私は口には出しませねど、気の強いおしげさまとわがまま勝手な左門さんに仕えて、現実より想像の世界をこのむひとがうまくやっていかれるであろうか、少々、心配でございました。

婚儀は盛大にいとなまれ、そののち、左門さんとともにわが家に挨拶に見えたおろくさまは、ほっそりとした容姿、口数すくなく、左門さんのかげに隠れるようにして、しずかなお人がらに見えました。

「本がお好きと伺ったが、わが女房も、平家や伊勢物語など好みますゆえ、気が合いましょう。家も近い。いつでも気軽に来られるがよい。まつ子が相手しましょう」

夫が言うのに、ぱっと目が輝いて、うれしそうに、「その節はよろしうに……」実意をこめて挨拶されたのが印象に残りました。

「左門、そちもこれを機会におちついて読書にも励めよ。」

夫は要らざることを言ってしまいました。

左門さんの顔が、ふっと変わったのに私は気づき、（ああ、おろくさまがいやな目にお遭いにならねばよいが）胸が動悸したのでございました。

夫の甥御ではありますが、はっきり申して、左門さんを私は好みません。甥ではあるが自分たちは本家、そちらは分家の分際でしかないのを忘れるなよ、言外にそんな態度が見え見えするのです。

母であるおしげさまは、はっきり分家のわたしどもは家来同然としかおもっていられず、それを見習われたのでありましょう。このさいはっきり申してしまえば、おしげさまも私は苦手でございました。とかく居丈高の物言いをされ、万事出世第一のお考え、女なら顔がよいかどうか、衣装がよいかどうかで、なかみでなく外見でお決めになります。おしげさま自身は、いくつになっても、みめかたち美しいお方で、ご自分もそのことをご自慢でいられました。

左門さんは、おしげさま似で、外見はなかなかの男前です。遊里ではたいそうな人気とも聞きました。

新右衛門さまはそれを苦々しくおもわれながら、おとなしいお人柄。おしげさまが、左門さんの放蕩には甘く、それも男の甲斐性とお考えなのをわかっていて、家内のもめごとをきらい、よほどのことがない限り、左門さんをとがめたりなさらない。妻も息子も思い通りにいかない分、もともと好きな学問の世界に逃れるお気持もありましたでしょうか。


堀家はこれまで、新右衛門さまが、おしげさま・左門さまに従うかたちで、いわば参ったわけでございますが、そこに新右衛門さまに気に入られて嫁入ることとなったたおろくさまは、ご苦労されるのではあるまいか、案じられ、お二人が帰られてから夫に話しますと、

「そんなこともあるまい。義姉上とちがって、控えめで賢いおひとのようだから、堀家はまず安泰であろうよ。」

夫は笑って相手にしません。

「それなら何よりでございますが……」と申して引き下がったのですが……。

それからどれだけ経ちましたでしょうか。

めずらしい頂き物があり、少々本家へお裾分けしようと、本家にいたときから夫に仕えているばあやを、使いに出したことがありました。帰ってきて、

「奥さま、本家は、若奥さまがご苦労のようでございますよ」

なじみの奉公人が話しかけてきて、これまで左門さまのお世話はお付きのものに大奥さまが何くれとなく命じられていたのを、若奥さまが代わられることとなって、大奥さまは面白くないためか、何かと難癖をつけて、若奥さまをねちねちといびられる。

若奥さまは、おとなしく決して逆らわず、無理難題も「ハイ、ハイ」と聞いていられるが、あまりにお可哀そうでならない。

左門さまが、ひそかに味方なされれば若奥さまのお気持ちがおうが、どうも若奥さまがいびられるのを喜んでおられるようなのはあんまりだ。それどころか、気が利かぬといって、左門さまが手をあげたこともあるとか。

大だんなさまが、たまに見かねて口を出しても、いびりでなくてしつけです、早く家風になじんでもらわねば笑われるのは左門ですから、と大奥さまにぱちっと言われてしまえばそれまで。それに、大だんなさまが口出しすれば、余計におしげさまが若奥さまに辛く当たられる。結句、辛いおもいをするのは若奥さまとわかってきてからは、やむなく、大だんなさまは見て見ぬふりしていらっしゃる。

かしこいお方と伺っているのに、頭からの愚か者、気が利かぬ女という扱いをされ、若奥さまはそっと泣いていられることもあるそうです。

嫁姑のいざこざは必ずといっていいほどあること。おろくさまとて、そのへんは覚悟で来られたことであろう。

「ばあや、私に言うのはよいけれど、あちこち触れ回ってはいけませんよ」

そう言いながら、この私はその苦労がなくてすんだのは実にありがたいこと、おろくさまに申し訳ない気がするのでした。

そのうち、左門さまの放蕩がまたはじまり、なじみの女もいるといううわさもちらほら聞こえてまいりましたが、ありがたいことに、おろくさまは身ごもられ、やがて本家の跡取りである男子が誕生したのでした。

（よかった。女子だったらまた、どれだけいびられたことか）そう思い、（でも変だわ、男子が歓迎され、女子だと怒られるなんて。）そうも思ってしまいますが。

おろくさまにとって、孤立無援の家のなかで、生まれた子はまさに宝。

お七夜の祝いの席で、権之助ちゃんをながめる目は、いかにも嬉しげで、ぽっと頬も赤らんで、母の貫禄がついたかのようでありました。左門さまも、この日ばかりは口をとんがらせたりせず、ご機嫌です。

堀家はこれで安泰であろう、まあよかった、とほっとしたのでしたが……。

それからどれだけ経ちましたでしょうか。夫が、ひさしぶりに本家へ寄ってきた、と言って帰ってまいりました。

「いやはや、権之助が生まれて、兄上はずいぶんとご機嫌でいられたぞ。もう家は左門にまかせて隠居し、好きな万葉集の研究にうちこむのだそうだ。嫁の手が空いているときには、手伝ってもらえそうだ、と言われていた」

「それはようございました」

「亡き父上の隠居所を手直しして、茶人気取りで過ごされるのだろう。けっこうなことだ」

「お義姉さまもそれでは隠居所に移られますの」

「なに、そんなことはあるまい。義姉上は母屋だろう。あの義姉上が、まだ若い嫁御に家を任せることはなさるまいよ」

私の胸はまた動悸がしてまいりました。

これとは言えない、ただ、本家になにか怖しいことが迫ってきているような気がいたしてならないのでございます。あいまいな推量でしかないことを、夫の本家についてあれこれ申すわけには参りません。夫にはなにも言いませんでした。

事件がおこるまえ、おろくさまはわが家へ二回、見えておられます。

一度は、お舅の新右衛門さまのお使いで、わが家にある書物を借りに来られました。

権之助ちゃんを抱いて、お供一人連れておいででした。

「まあ、よく太って！　かわいいこと」

「ええ、この笑顔を見ておりますと、何にもいらないという気になりますの」

あたたかい日で、縁側に腰掛けたおろくさまと、のんびりおしゃべりいたしました。

お供の女子さんは、裏へまわって顔見知りのばあやに菓子などふるまわれながら、話に花が咲いているようで、笑い声が時折聞こえてまいります。

庭にはそう、あのとき、小さな池のほとりに、藤の枝枝から、うす紫の花房がいくつもいくつも垂れておりました。

「ま、みごとな藤」

「ええ、今が咲きどき、よいときにお見えでした」

「かくてこそ見まくほしけれ、万代をかけて、の古歌もうなずけますね」

（あ、新古今の延喜御歌、「かくてこそ見まくほしけれ万代をかけてしのべる藤波の花」を言われたのだな）とすぐわかり、

「飛香舎の宴にはとてもおよびませんが」

と答え、たがいに通じ合ううれしさに笑いあいましたっけ。

お求めの書物を、「ゆっくりごらん下さるよう、お伝えくださいませ」と、お渡ししながら、

「お義兄さまは、相変わらず本の虫でいらっしゃるのでしょうね。」

「それはもう。」

おろくさまはほほ笑んで、

「私も、権之助が昼寝しているときなど、伺って、お調べもののお手伝いをさせていただくこともございます。私にとっても楽しみですの」

「いま、お義兄さまのご関心は」

「古今和歌集でございます。その解釈にいろいろ想像をおめぐらしになって、面白うございます」

「まあ、そう聞くと、伺いたくなりますね。半左衛門さまにも、お仕事のあいまにそちらのご隠居所へ顔をだすよう、申し上げておきましょう。

そこで、伺ったご講釈は、きっと逐一話してくれましょうから」

なにげなく申しますと、

「叔母さまたち、ほんとうに仲がお宜しくて羨ましうございます」

それまで楽しげに話していたおろくさまのお顔にふっと陰りが見えたので、私ははっとして、学問などいわば仇のような姑のおしげさまと左門さまに仕えねばならないおろくさまに対して、心ないことを言ったと悔いたのでございました。

でも、おろくさまは何気ない風にすぐほほ笑んで、いつのまにか寝てしまった権之助ちゃんをい

としそうに見ながら、それから半時も何やかや話しておられたでしょうか。

私はだれとでも気安く話すたちではないのですが、おろくさまとは、なんですか、うちとけて話ができ、おろくさまも同じ思いでいらしたのではないでしょうか。

帰られてから、女子衆とおしゃべりしていた、ばあやが申します。

「若奥さまもお気の毒な。可愛い権之助さまのお世話も、一々、お姑さまが、堀家の跡取りになんですか、と、きびしく難癖をつけられるので、気の休まるときもなくいらっしゃるとか」

ま、それはどこの嫁でも通る道の一つであろうと、このときはそう気にはしませんでした。

もう一度おろくさまが我が家に見えたのは、それから一年は経っていたのではないでしょうか。今度はお一人で、あちらの珍しい頂戴物のおこぼれを届けて下さったのでしたが、本来ならだれか奉公人に頼んでもよいところをわざわざ見えたのは、なぜだったろうと後から考えたりもいたします。

「わざわざありがとうございます。お茶など召し上がって」

「そうもしておられませんの。権之助が寝ているすきに参りましたから」

そう言いながらも、私が読みさしていた更科日記をめざとく見つけ、

「更級日記を叔母様はお読みなんですね」

「ええ、今からずいぶん昔ですけれど、女のひとの旅日記はめずらしく、また、いかにも若い娘

らしく、感じたままに興深く書いてありますね。」

「あの、源氏物語を読みたくて読みたくてじれているところなど、昔も今も変わらない気がいたします。」

「そう、そう」

めったに会うこともないひとなのに、すらすらと楽しく話がすすむのでした。

「源氏物語は読まれたのですか」

「読みたいのです。とても。でも、どなたかに桐壺のところの写本を見せていただいただけなんです」

「そう、それだったら、この夕顔が出てくる写本をお貸ししましょうか。ゆっくりごらんなさい。」

「ま、忙しくて、なかなか読めませんけど、よろしいんでしょうか」

でも、その顔は読みたくって読みたくってたまらない、といった表情なんですね。

「いいの、ゆっくりごらんなさい。とても面白いから」

「ありがとうございます」

そう言ってさしのべた細く白い手を見て、あっと言ってしまいそうになったのでございます。

引っかかれたようなぐざぐざした傷がいっぱい。

おろくさまもはっとしたのか、すぐさっと隠してしまいましたが、気になって注意していると、
帰る挨拶で下げた頸のあたりにも、鉄の文鎮ででも叩かれたような大きな赤いあざが見えるではあ

りませんか。

（左門さんに叩かれなさったのだ）

とっさにおもってしまい、私は、立ち去っていくおろくさまにおもわず申しておりました。

「おろくさま、あのね、大したお力にはなれませんけれど、もし、何か困ったことがおありになったときは、どうか気軽にいらしてくださいね。

私はいつだってあなたの味方ですから、そのことをお心に留めておいてくださいね」

「ありがとうございます。叔母さま」

おろくさまは、少しさみしげに、ほほ笑まれました。

そう、あのとき、ああ言ったことで、あの方は私たちを信頼し、私たち宛てに遺書を書く気になられたのでしょうね。生きているときに何のお力にもなれなかったけれど、そう思うと、すこしほっといたすのでございますよ。

左門さまが、おろくさまに暴力をふるわれておられるのではないか、こう推し量ったのでございますが、確たる証拠もないのに、夫の実家の悪口をいうことははばかられ、夫には申しませんでした。また、話したとて、夫もどうしようもありませんでしたろう。

そして、忘れもしません。

万治元年正月九日、あれはことさらに冷えついた夜でございました。

夜も更けて、ほとほとと門を叩くものがあり、はて、だれかしら、ふしぎに思って開けてみますと、本家の若い奉公人が立っておりました。

「若奥さまから急ぎの御用で、こちらへ文をあずかってまいりました」と申すのです。

はて、この夜更けに急ぎの文とはただ事ではあるまい、胸騒ぎがいたしましたが、おろくさまの私どもに宛てた遺書だったのでございます。

私たちが文を開けたときにはすでに、本家のお部屋で、おろくさまは喉を突かれておいでだったでしょう。

文を読んで、夫も私も呆然とするばかり。

はじめは何が何でも本家へ駆けつけねば、と心急ぎましたが、ここまで思い決められた以上、もうおろくさまはこの世にはおわすまい。

さて、この文を、本家へ突きつけたとて、あの左門さまとおしげさまなら、「えいっ、こんなものをあてつけがましく書きおって。死んでまで我が家に恥をかかす気かっ!」びりびりと破ってしまわれるのではあるまいか。

また、おろくさまのご実家は、お母上は亡くなられ、お父上は長く床についておられる。跡継ぎの兄上は、お人はよいだけが取り柄の方ゆえ、この遺書をお渡ししたとて、ただおろおろされるばかり、同じ堀一族でもあり、結句にぎりつぶしてしまわれよう。

そうなれば、おろくさまの命かけた抗議も、水の泡。ここは、慎重にも慎重を期さねばなるまい。

形見分けについては、生前おろくさまから頼まれていた、といえばよかろう。なに、左門がほしいとはおもわぬ書物を、だれかれにというのだ、形見分けでわずらわしいことは起きるまい。

夫は申し、私も同意いたしました。

はたして本家では、急の病で死去した、と領主さまにお届けあり。実家の兄上も、葬儀のさい、おろくさまと親しかったわたくしどもに、ひそかに真相を尋ねられることもなく、その後、こちらにおろくさまのことを聞きに見えられることもありません。

うわさは飛び交っても、人の噂も七十五日とはよく言ったもの、おろくさまの無念は、この文のなかに閉じこめられたまま、時が経っていったのでございます。

お舅の新右衛門さまは、われから所望してもらった嫁が、ただわが手伝いをさせたばかりに、あらぬ疑いをこうむり、死へ追いこまれたことが、よほど応えたのでありましょう、葬儀のときにもただ無言であられました。

以後、めっきり老いこまれ、おろく様没後、一年後には心の臓の病で、さながらおろくさまの後を追うかのように、亡くなられました。かの岸辺で、もしおろくさまに再会されれば、どんなにか謝っておいででありましたでしょう。

おろくさまの後には、堀家より家がらが上、お年も左門さまより上の、一度他家へ嫁入りし、子をなさぬうちに夫が亡くなって実家へ帰っておられた、おきよさまという方が嫁いでこられました。莫大な持参金であったとか、おしげさまの肝いりで決まった縁組であったとか、その後の左門さまのご出世はおきよさまの実家の後押しゆえとか、世間はさまざまに申しておりました。

冷たくさえおもえる美貌のお方であり、才もまわり、左門さまはぞっこんで、おろくさまのときとは違い、なんとこたびは左門さまがおきよさまに頭が上がらぬとか。おしげさまも、この方にはかなわず、たじたじで、おろくさまの方がましだった、と今になって嘆いておられる、と。

権之助ちゃんは、おしげさまが雇ったばあやに、よろず面倒をみてもらっているようで。

本家といい条、新右衛門さま亡きあとは、お定まりの法要のとき伺うほかは、交流はぷつりと絶えてしまいました。

夫、半左衛門がこの世を去ったのは、それから六年後。これはやはり病でございました。

苦しい息の下から、夫はやはり、おろくさまから預かったこの遺書が気になっていたのでございますね。

「方丈さまにお預けするように」

こう申し、私もそれがよい、と頷きました。

心苦しいとき、おろくさまがお寺に伺って、般若心経など書写されていたこと、いつぞや方丈さまから伺ったことがございましたゆえ。

おろくさまが、自害されるときにもどんなにか気にかけられた権之助ちゃんは、すくすくと育ちまして、お顔は左門さま似ながら、お性格はどうやら、おろくさま似かと推し量っております。

おきよさまと左門さんの間にも男子が生まれましたので、権之助ちゃんの未来も明るいとは申せませんが、どうするすべとてございません。

おろくさまの無念を、さて、権之助ちゃんに、いつの日か知らすべきか、だまっているべきか、あさはかな私であっては見当もつきかねます。

私とて、いつまで達者でいられることか、近ごろそう思ってまいりまして、ここは一つ、亡き夫が指示いたしましたとおり、おろくさまの遺書を、こちら、方丈さまにお預けいたしたいのでございます。

おろくさまという一人の女が、わが子に後ろ髪引かれながらも、あらぬ疑いを晴らし、夫の暴虐に手向かうため取った手段が、あわれであり、同じ女として、この遺書を粗略には扱えぬのでございます。

日ごろ、敬いもうしあげております方丈さま、亡きおろくさまも敬慕申し上げておりましたあなたさま。お渡ししましたからは、一切、方丈さまのご存念にお任せいたします。はい。

＊

堀ろく女の遺書は、次のようにはじまる。

「堀半左衛門様

　　おあもじ様

一筆申置き参らせ候。此度わが身かく成行き候事、若々気もむつれ候ての事かと思しめさるべきかと存候。筆を染め候子細は、」とあって、くわしく自害をおもいきめる経過を、るる述べていく。

以下、わかりやすく口訳してみる。

「子細は以下のようでございます。

わが夫、左近殿は、お舅、新右衛門さまが、わたくしにお心がある、と疑われ、いろいろわたくしを糾明なされました。

そのようなことは、ゆめゆめありませぬゆえ、女にも似合わぬおそろしい誓いをたて、指を切った血にて、天地神明にかけて身の潔白を誓う文を記し、あらぬお疑いが晴れるよう申し開きいたしましたが、さらさらお聞きいれくださいません。

このこと、堀家の下々のものらのうわさするまでに相成り、やがては世間に取りざたされる事態になるであろうかと、口惜しく口惜しく……。

このうえはわが身の潔白を明かさんがため、命絶つしかあるまじ、と百度も千度も思い決めましたものの、さすれば左近殿にも悪い評判が立ち、また、いとしわが子、権之助のことを思い、はたこれまでにお世話になった方々にも迷惑がおよぶことを思ってためらい、強いてわれとわが心をおし鎮めたのでございました。

この命さりげなく永らえ、頼むまじきは、心なりけり、と詠まれた古の言葉を思い出しては、ひとり、われとわが心を慰め、とやかく暮らすうちには、左近殿のお心さえ解ければ、わが身のあやまりなきことは、天が下の神々もご照覧なさることとゆえと、思いあきらめ、しばらくは打ち過ごしたのでございました。

あらぬ疑いを避けんがため、大殿さまには申し訳なきことながら、以前のように文書の整理など頼むとのお使いがまいっても、忙しさにかまけるふりをして、なるべく伺わぬようにいたしたのでございます。

しかるに、日を経て、左近殿のお心はますますつれなく、かつ、お姑さまのお心ますます意地悪く、わたくしに当たられ、このままではとても永らえそうもない憂き身と存じつつも、ひょっとして左近殿はわたくしの気持をお試しなのかもしれぬ、と、女心のはかなき望みにほだされて、今日まで命永らえたのでございました。

わが身の潔白を信じてもらえぬ辛さに、胸を焦がし、寝てはひとり、ただ涙に袖をしぼるのみ、だれにも打ち明けられぬ憂き年月の辛さ、どうかお察しくださいませ。

そのうち、とりわけ憂きことが出来いたしました。

去年の師走、二十八日の夜、左近殿はわたくしをしつこく折檻なされ、さらでだに寒い夜の雪のなかに、わたくしの衣装をはいで、植え込みの暗いところへ引っ張って行かれ、夜もすがら、裸のわたくしに、頭から水をかけられ、数々の暴言を吐かれ、あげく『早く死に失せろっ』とまで罵られたのでございます。

いかなれば前世の生まれ合わせにて、かかる憂き目を見ねばならぬか、二世とちぎる夫には、疎みはてられ、いとけなき子の行方をも見届けられぬまま、逝かねばならぬかと、咎なき神を怨み、仏に嘆きました。

世にもまれなることにいわれなき噂を立てられ、恥をさらさねばならぬとは！

それでも権之助への恩愛の道、絶ちがたく、年を送り、さてあらたまの年を迎えても、物思う身は、めでたき年の初めも心すすまずおりましたれど、あさましきことども、ついに新右衛門さまのお耳にも入ったようで、隠居所に呼ばれ、『不肖のせがれゆえ、あらぬことで貞節なそちに迷惑をかけるのう。すまぬ』と頭をお下げでございました。

しかるに、なんとしたことか。わたくしが隠居所に伺ったことで、お姑さまは、まるで不貞の証拠をつかみでもしたかのようにわたくしをお睨みになり、今にもつかみかからんばかりのご様子。ああ、とてもかくても、生きておれそうにもない、と思い過ごしますうち、過ぎし夜、左近殿のわたくしへの恐ろしき振る舞いが、またございました。

いつもはどこぞへお出かけになり、深夜までもお戻りになられぬ左近殿が、その夜は家にずっとおられ、また『おのれ、わが父と通じおったな』と叫ばれて、部屋のありとあらゆるもの散々に掻き散らされ、山々の難題かけられたのち、ついに言われました。

『今からは我を夫とは思うな。我は疾うにそちを妻とは思うておらぬわい。急ぎ臥所を変え、いずこへでも行くがよかろう。そちがごとき遊女のようなものは、見る目も汚れるわい。』

わたくし、そのときまで、もしかに、もしかに、思い返され、『すまなんだ』と手を取り、謝られることもあろうかと一縷の望みを持っておりましたけれど、おう、このようなことを言われては、もはや夫婦の縁は尽きた！　わが夫とはいい条、なんと道理に暗き胴欲人よ、もはや夫婦の縁もこれまで、と、左近への情、ふつりとこのとき、断ち切ったのでございました。

かく思い切りましたものの、絶ちがたきは親子の縁、聞けば親子の契りもこの世のうちと聞きますゆえ、最後の名残と存じまして、権之助の臥所にまいりました。

幼き子は、母の嘆きは露知らず、心地よげに寝入っておりましたのを、強いて起こしますと、寝伸びして目をさまし、わたくしを見るとにこにこと笑い、抱きついてまいりましたときには、気も魂も消えはてました。涙せきあえず、涙で霞んで、その笑顔も姿も見えなくなってしまったのでございます。」


文はそのあと、幾人かの知人たちの名をあげ、めいめいに文を記したいけれども、「心せかれて筆の立処もわきまへがたく候まま」、よきように頼みいる、とあった。

この世の縁が尽きないならば、仏の国で再びお会いしたい。あまりに思いしずめば罪深い、と聞くので、それでは未来のほども思いやられてしまいます、とも。

文の終りは次のようだ。

「左近殿のあまりにつれないこの世こそ恨めしく思えますとはいえ、後の世かけてまでどうして恨んだりしましょうか。

どうかこの後は、心をひるがえされ、新右衛門さま、大奥さま、お二人へご孝行第一にあられたいと、お伝えくださいますように。

さてまた、はばかりながら、奥さまはじめ、皆々様へ、形見の品など、それぞれ書付けましたゆえ、お届けくださいますように。

申しても申しても、お名残は尽きせぬおんことでございます。早々。

ろく」

ろく女の遺書を読み返してみると、度重なる左近の暴言暴力への彼女の忍耐は、わが子権之助への愛のためだけではなかったような気がする。

左近に嫁ぐまで、もっぱら物語の世界にひたって生きてきたろく女は、見目かたち麗しい左近が、人目見たときから物語の主人公のように好ましくおもえ、熱く、恋してしまったのではないだろうか。

女遊びにたけた左近だ。男というものを全く知らない若妻に、甘い言葉をささやき夢中にさせることが、当初は、新しい遊びにも感じられたのであろう。

一方、男女のいとなみを物語のなかで甘く思い描いてきたろく女は、閨のなかでの左近の浮いた言葉、乱暴なしぐさまで、なべて真実の愛と錯覚してしまったのだ。

形見分けの書物のなかに、「伊勢物語」、「伊勢物語」の解釈書十三冊がある。

ろく女は、左門を「伊勢物語」の主人公になぞらえていたのかもしれない。そんな少女っぽい妻が、海千山千の女遊びをしてきた左門には、ばかばかしく、あっというまに飽きてしまったのであろう。

そして、いじめても、いじめても、逆らわぬ妻がうっとうしく、ますます執拗に、いじめたくなっていったのだろうか。そのころ、片思いのひとであったきよ女が実家へもどったことを知り、ろく女を娶っていることがじゃまにおもえてきたのかもしれない。

かたや、品位、学問、すべて父にかなわぬとの劣等感も一方では意識下にあって、父と共通の世界をもつ妻に憎悪もわいたのであろう。

ろく女はといえば、雪の日に身ぐるみはがれ折檻されても、あくまで嫉妬ゆえの左門の所業、それだけ自分に執着してくれているのだ、とわが身に強いて言い聞かせていたのではなかったか。

それは迷妄にすぎず、左門が、単に不実で卑劣な男でしかないと見切ったとき、自死することで、自分のほうから左近に「あなたはわたしの夫などではない」と、きっぱり、引導をわたしたのだ。

だが、それはわが愚かさをしたたか思い知ることでもあったから、「後の世かけてまで恨んだりしない」と遺書に記したのであったろう。

ろく女が、命をかけて記した遺書を、息子の権之助は読んだであろうか。

きっと、読んだにちがいない。

読むなかで、母の名誉を回復させたい願いを強くもったがゆえに、ろく女の遺書は、三百年以上の今日まで伝わることとなったものであろう。

玉蟲左太夫

奥羽越列藩同盟に奔走した末に

1

今、西郷隆盛、坂本竜馬、大久保利通、岩倉具視、木戸孝允などにくらべて、どれだけのひとが、玉蟲左太夫《たまむしさだゆう》の名を知っているだろうか。

信州の赤松小三郎と同じく、忘れられて久しい玉蟲左太夫。

赤松小三郎は、大久保利通の命を受けた桐野利秋によって殺害されたわけだが、玉蟲左太夫というすぐれた人物もまた、奥羽越列藩同盟に加担したことによって、死なねばならなかった。

彼の逸材ぶりは、日米修好通商条約批准交換使節正使新見豊前守正興（外国奉行兼神奈川奉行）の従臣の一人として渡米したおりの詳細な『航米日録』によって知られる（新見の従臣は、九人おり、玉蟲の席次は八番目）。

一巻～七巻におよぶ（八巻はプライベートな手記）同書を、仙台藩士だった彼は、藩に提出している。

日記を記したものは、副使、村垣淡路守の「遣米使日記」、通司、名村五郎の「亜行日記」御勘定組頭、森田岡太郎、「亜行日記」、みごとな絵入りの「渡海日記」を記した小栗上野介の従臣、佐藤藤七などがいるが、玉蟲の日記は渡米一行では身分が低いこともあって、下からの目線で観察しているところが面白い。特に、藩に提出しなかった八巻には、歯に衣着せない感想が記してあって貴重だ。

現在では判読しにくい、ぼう大な同書のあらましを訳し、感想を添えた山本三郎は、左太夫の末裔、玄孫にあたる（父方の祖母の祖父）。

三郎の父、山本晃は河北新報社に勤務、『航米日録』を同紙に連載（一九〇九年から五十回、『玉蟲左太夫略伝　附『航米日録』』）を非売品として刊行もしていた。

（おもえば、にせ官軍とされ、薩長軍に処刑された赤報隊、相良聡三の真相を、逆境にもめげず、突きとめたのは聡三の息子であった。

廃仏毀釈に反対して起きた越前一揆を煽ったとして処刑された専福寺住職、金森顕順の潔白と高潔な人柄を五十年後に『顕順師殉難録』にまとめたのも、息子の顕真。

無抵抗であったのに官軍に処刑された小栗上野介の処刑跡地に「罪なくして此処に斬らる」の記念碑を建てたのは、小栗夫人・道子の妹の夫、蜷川新。

いずれも詳細を拙著『オサヒト覚え書き―亡霊が語る明治維新の影』（一葉社）に記したが、玉蟲左太夫の場合、一九七四年、岩波書店の『日本思想大系六六巻　西洋見聞集』に収録されたといえ、無実を明かし、顕彰していくのは、やはり肉親でしかないのであろうか）

年譜をひも解くと、一八二三年（文政六年）仙台藩鷹匠組頭玉蟲平蔵の末子として生まれ、二歳のとき父が没し、十三歳で荒井家の養子となり、西洋事情も講ずる自由闊達で知られた藩校・養賢堂で学ぶ。

やがて勉学の念絶ちがたく、脱藩、江戸へ。

脱藩者ゆえ、道はきびしい。商家に奉公したり、夜はあんまをしながら、口入屋を通じて林大学頭の分家、林式部小輔（のち林大学頭復斉となる）の家の下僕として住みこむことができた。そして、毎日古詩を吟じながら庭の草取りを行う作戦が成功、復斉に才能を知られて子息の家庭教師へ。

かくて復斉の信頼をえるなかで、彼と親交があった大槻磐渓との交流ができ、乞われて脱藩藩士ながら、仙台藩江戸学問所順造館へ。

大槻磐渓は、漢学者（父は蘭学者の大槻玄沢でオランダ語を翻訳させるため、次男の磐渓を漢学者として育てた）。かつ高島秋帆の弟子から砲術を学び、藩の西洋砲術指南を命じられ、長崎遊学をしているので蘭学にも通じていた。仙台藩主伊達慶邦の侍講も務めており、アヘン戦争を行った英仏がイヤで、「親露開国論」を唱え、老中・阿部正弘に「献芹《けんきん》微衷《びちゅう》」を建白している。

新潟県立博物館・福島県立博物館・仙台市博物館共同企画の「戊辰戦争百五十年展」を、都合で仙台市博物館に観に行ったとき、磐渓が描いた黒船スケッチを観た。

ペリー再来航にあたり、藩主伊達慶邦の命を受けて浦賀におもむく途次、小柴村（現横浜市）に停泊するアメリカ軍艦を描いたもので、雑多な貼りこみ帳「塵積成山」に描いてあったものらしい。達者な筆使いであった。

左太夫は、ほかにも林家と親戚関係にある堀織部正利熙、堀の従弟、岩瀬忠震という気鋭の高級官僚とも親しくなり、一八五七年（安政四年）には、彼らの推挙で函館奉行堀利熙に従って蝦夷地すなわちアイヌモシリを巡検、『入北記』をあらわした。

堀は、幕閣の逸材。母は儒学者で歌人の林述斉の娘だ。函館奉行後は、外国奉行・神奈川奉行を兼ね、日米修好条約締結にあたっている。プロイセンとの条約締結にあたり、老中安藤信正に叱責されたといわれ、なにも言わず自刃する。真相はなお闇の中だ。

堀の人がらに沿った随員で、一行は、玉蟲ほか、島義勇、榎本武揚らが加わっており、玉蟲のち密な『入北記』は、アイヌ人への松前藩御用商人らの悪徳ぶりも指摘し、高い評価を受けたことで、遣米使節の従者に選ばれることとなる。

では、その『入北記』を、読んでみようかと、国会図書館に問い合わせてみると、『入北記』は、一九九二年発刊の書が、一番新しく読みやすいだろうとのこと。

そこで、久しぶりに国会図書館に行ったところ、今浦島になっていることを痛感する。以前のカードはとっくに使えなくなっており、新しいカードを作り、さて、電話で聞いておいた『入北記』の記号を記す紙は、どこに置いてあるのか尋ねると、それはパソコンを介して受付に送るしかないというのだ。

係員に教えを請い、なんとかパソコンで申請できたものの、以前のように受付の表示板に番号が出てくることはなく、パソコン上で知らせるのだという。二十分ほどかかるといわれ、持ってきていた石牟礼道子『椿の海の記』を読んで時を過ごす。

読みふけってしまい、三十分ほど経って、画面を見るが変化はないみたい。これはおかしいぞと思い、受付に行ってみると、もう本は届いていた。画面のどこに出てきていたのか、さっぱりわからないじまいで。

というわけで、やっと、稲葉一郎解説・玉蟲左太夫著『蝦夷地・樺太巡見日記―入北記』を読むことができた。

多賀城市在住の左太夫の孫、玉蟲誼氏が原本を所有、それと照合している。

左太夫、ときに三十五歳。

函館奉行・堀利熙の近習という名目で随行しており、一行は、安政四年（一八五七年）四月二十五日から同年九月二十七日まで、蝦夷地の海辺に沿って全部を調査、樺太にも足を延ばしている。

出立の日に、左太夫は、これからの記録への覚悟を次のように記していた。

「僕幸ニ鎮台堀公ニ陪シ此地ニ来レリ。此時ニ及ンデ其形勢ヲ探索セズニハアルベカラズ。故ニ巨細大小見聞ニ従ヒ逐一ニ記シ遺志ナキヲ要スルナリ。見ル者煩雑ヲ笑フ勿レ。」

この決心通りに、彼は大小にかかわらず、微細に記録していった。

なかんずく役人の態度がごう慢である時は許せなく、たとえば七重村で、下役・坪内幾之進なるものが、老名主に居丈高に、廃田を開墾せよ、と迫る場面。

老名主は、働き手の男は他の場所で今、働いており、女性と老人しか村に残っていないので、今年は無理ゆえ、来年は行うので、と必死に弁明する。坪内は怒って、是が非でも今年中に開墾せねば地所を取り上げるぞ、と脅す。

もともと役人の顔を見るだけで恐怖しているのに、まして奉行一行の通行とあれば、どんなに怖じ、恐ろしいかわからない。そんなときこそ、やさしく温和に諭すべきなのに、こんな態度では民心を失い、かえって開拓の気も萎縮してしまうだろう。堀奉行の心は、ちがうはずなのに、まこと嘆かわしい坪内の取り計らいだ、と嘆く玉蟲。

先住の民、アイヌ人に関しての記述は、閏五月十四日、ユウラップの土井家家臣の開墾場見学に出てくる。和人が少なくてアイヌ人らが荷物運びをしているのを見て「至テ質朴柔和ニテ大イニ便利ナリ。此辺ハ和語ヲ覚ヘタルアイノ多ク大抵ノ事ハ和語ニテ弁ズ。」（傍点著者）とあり、まだ上からの目線で見ている。

そのアイヌ先住民の境遇について、左太夫の目を強烈に開かせたのは、五月二十六日、松浦武四郎の旅宿を、島義勇と共に訪ねたことが大きかった。

島義勇といえば、のち、北海道開拓使判事として原野を切り開き、サッポロ市建設に力を尽くした人物。そのとき、左太夫とともに松浦に教えられ知った、松前藩時代から百年続いていた御用商人らの悪の温床である場所請負人制度。その廃止をうちだしている。

それも、各場所の請負商人らをかたはしから呼び出し、じかに廃止を通達したのだが、彼らもさるもの、東久世開拓使長官を抱きこんで、請負人の名を、漁場持と変える、その他は従前通り、との通達を出させて乗りきってしまう。

島は、怒り心頭に達し、抗議の手紙を東久世に送ったが、逆に、札幌建設に公金を浪費したとか、命令に従わなかったとかの口実で、罷免されてしまった。

島、罷免、の真相を知った松浦武四郎も、一二五〇字におよぶ弾劾書をたたきつけて、辞職し、精魂を傾けてきた北海道に二度と足を向けなくなってしまうのだが……。

島は、このあと、ムツヒトの侍従となり、さらに一年後に秋田県令となって経営をめぐり、ここでも政府と対立し下野、江藤新平とともに佐賀で、大久保利通牛耳る新政府に対し、蹶起、敗北、処刑されている。それはのちの話。

一方、松浦武四郎といえば、蝦夷地を何回も踏査するなかで、アイヌ人への和人の凄まじい虐待に憤激、かつアイヌ人の高潔さに心を寄せ、『近世蝦夷人物誌』を著した人物だ。

このとき、その松浦は、堀の命を受けて、石狩地方に、山川の地理、新道見立て調査のため、四月三日から石狩地方に入っていた。

松浦は、待っていました、とばかりに、アイヌの窮状を語り、さらに、じかに和人たちの横暴を聞かせようと、両人を石狩近在のアイヌコタンに連れていった。

この二人なら義憤を感じ、堀奉行にも献策するにちがいないと思ったのであろう。

松浦の目にまちがいなく、果たして左太夫は、彼らアイヌ人の訴えを十四項目にまとめ、奉行に提出、そのことを『入北記』にも記した。

そのいくつかを、要約し、挙げておこう。

・サツホロ小使・細工第一のモニヲマの話

妻子なく、祖母がサツホロ山に一人残っています。祖母の機嫌をうかがいに行きたいが、支配人に固く禁じられております。

支配人に、畑地を開けば漁業の妨げにあるときつく叱責され、山へ参れません。

前には、妻を迎えましたが、当所番人・藤吉と密通、ついに同人にうばわれ、残念でなりません。

山にもどれば、畑地を開き、ひえ・あわの類を植え、そのほか草木を採り、祖母両親共に養え、さらに気遣いはありません。禁じられているため、日々辛苦、祖母両親を養うことができかねています。

どうぞして、御上様より畑地を開いてもよいと仰せられたく、開墾にマサカリ一丁いただければ、まことにありがたき幸せです。種などは、かねて貯えてあるので大丈夫です。

・上川惣・乙名・熊取りの達人・クウチンコロ

この春、大熊を獲ったところ、足軽・松田市太郎が、石狩探索中に知って、内々に買いもとめたいと呼びつけられ、是非持ってまいれと言います。

ちょうど雪解けで、川の水がいっぱい、丸木舟では無理なのに、どうしてもと矢の催促、やむなくアイランケ、ニホンテ両人をつかわしました。大水で、アイランケは溺死、その上、熊皮と熊の胆を取り上げられてしまいました。

さらに、水源探索のおりに、市太郎は、飛脚を立てさせよと申し、ヒヤケキをつかわしたところ、遅刻いたしました。

と、大いに立腹、抜き身でヒヤケキを追いかけ、縄でしばりあげ。幾度も幾度も打擲したとのことです。

・ここ雇小屋におりますアイノは、おおかた壮健で役立つものばかり。役に立たない老人となれば、山奥に追い払ってしまいます。

・去年リコンケというものが、水野一郎右衛門家来にわが身の辛苦艱難を話しました。すると支配人に大いに呵責され、髪を剃って山奥に追放されてしまいました。

・アイノの寝小屋は、せまく、板を高くもちあげ、湿気を防いでいる状態のため、病人が多く出ます。別に小屋を建てたいといっても、許してもらえません。

薪木のついえになるから駄目だというのですが、アイノ自身で流木を拾い取って使うので、支配人の費えにはならないはず、それなのにそう云うのは、ほかに奸計があるかと思えます。

おそらく武四郎と鼻突き合わせ、したためたであろう書類は、最後に、「右之通ニ御座候。御清閑之節御一覧被成下度奉存候」閏月　廿七日　玉蟲左太夫

と、結ばれ、日記にはこの後に、以下の文が記してある。口語訳にして紹介しよう。

「上記の趣旨を内々に差し出したが、鎮台（堀）も至極憐憫の情をもよおされ、工夫をなされるであろうと思われた。

この一件のみならず、土人の困難は、日本国の乞食に劣り、飲食衣服は元より、そのほかに支配人の彼らへの取り扱いは禽獣を使うごとく、万苦身に負い、これを見て、袖を濡らさないものがあろうか。

かつ、昨年に出された帰俗の義も、役人たちは下情をしらないために、無理に変えさせようと

するため、土人らは大いに不服の様子である。

僕は、彼らからじかに聞いたが、先祖からずっとこの風俗でやってきたのに、今さら上からの仰せ出しだと言って、風俗を変えれば、先祖に向かい、さらに言い訳もなく、そのために罰をこうむり、病いを得、死ぬようなことになっては大変です、と愁い顔で話しておった。

実にもっともではないか。これは、鎮台方の考えではない、それぞれの好みによって帰俗させようとのことであるのに、役人たちが早く成果をあげようとして強制するのだろう。このようなことでは、彼らの心を失うに至るであろう。嘆かわしいことだ。」

土人との差別語は、いただけないが、和人でなく、アイヌ側に味方した立場といえよう。

さて、左太夫の内々の報告は功を奏し、堀は、漁業の妨げにならない程度に開墾をおこなうように、と支配人に命じ、アイヌの乙名に、それぞれ鍬一挺、米二～三俵を、与えている。

但し、武四郎のその後の調査によると、堀たち一行が立ち去ったあと、狡猾な支配人はこれらを奪い返してしまったのだが……。

どん欲な支配人らが多いなかで、玉蟲が、目を留めたのは、フウレベツの下役人、石井文左衛門。彼が開いた畠は、地味はよくないのに、糞を肥料に用いることで良い米が実りそうだ。

船中で、石井と話し合った玉蟲は、ますます彼が気に入る。

石井の性質は実直で、開墾の妙のほかに、アイヌ人らの撫育にも心がけ、アイヌたちも、彼を慕い、働いている。この分では追々この地は栄えていくだろう。

「僕は、これまで場所詰下役の数人に会ったけれども、ただの一人も真実の志がなく、ただ、上に向かってとりつくろい、内実は貪婪、悪行をおこなうものばかりであった。」

とかえりみ、対するに、石井は、

「はじめ会ったさいには、なんとなく愚鈍に見え、ここには人はいないのかと思ったほどであったが、よくよく話し合ってみると、その心根は正しく、かつ、諸事行き届いている。古来から人の評価はむつかしいというが、もっともだ。小才はなくても、質直のものを用いれば郡村の取り扱いは行きとどくであろう。

僕は今日、石井に会って初めて悟り得た。フウレヘッは釣りあいが取れた地、開けて行くであろう。」

玉蟲のひととなりが、わかる一件は、もう一つある。

六月二十三日、ソウヤに投宿、夕暮れに海岸を散歩したときのこと。これもそのまま、口語訳してみよう。

「山があった。頂上に弁財天の社があり、登ってみたが、日は傾き、真っ暗になって見分けもつかない。

なにか楽しいことでもないかと探すと、弁天社に太鼓を見つけた。

たわむれに五、六声打っていると、アイノ二、三人登ってきて、僕らが打つのを喜んで聴いている。

彼らもおそらく打ちたかろうと、すすめると、大いに喜び、双方から打った。かえって僕らより万々優る。それからは、たがいに打ちあい、あるいは詩を吟じ、あるいは歌を歌った。彼らは大いに喜び、いよいよ太鼓を打つ。

アイノと、このような楽しみをすること、蝦夷地に来て以来の楽しみというべきだ。」

和人、アイヌ人双方が、太鼓を打ちあい、歌い合い、親しみ合う情景が目に浮かんでくるようだ。玉蟲たちの偏見のなさが、うれしい。

あるときはショーニというアイヌの家が一軒だけ建っている岬へ、玉蟲たちはアイヌ人も連れて遊覧に行った。

昼食になったところ、アイヌ人へは昼飯が持たされていないとわかり、自分たちの分を分け与え、酒も同様にしたので、ひどく喜ばれた。

ショーニが、土産にと、ヒジキと似たものを差し出すので、一緒にシラヌシの宿に来れば酒をあげられると言うと、「それは有り難いが番人に命じずに、じかに頂きたい」と言う。

シラヌシの支配人・平兵衛は、上から命じられたことでも自分たちに知らん顔、それどころか、番人とともにアイヌの妻を盗み、男たちは苛酷に働かせ、食料とてわずかしかもらえないとのこと、

「実ニアワレムベキ次第ナリ」

嘆息する玉蟲は、他地域の支配人らも同様なことを知る。

ヌプリ温泉へ供したアイヌ人たちへ、堀奉行が、その労苦に対し、八升俵を一俵ずつ、渡すように命じたときのこと。

支配人が早速持ってきた俵を見ると、八升にしては小さくおもえるので、用人の郷升作がいぶかしく思って計ってみると果して六升しかなかった。升作がひどく怒って不足分を足そうとすると、なんだかんだ言って、アイヌたちにやるのが、イヤでたまらない様子が見える。升作がいろいろに諭したり怒ったりしてようやく正しい分量をあげることができた。「支配人ラノ土人ヘノ仕打チ是にて知ルベキナリ」やんぬるかな、というところであろうか。

もちろん記述はアイヌに関してのみではない。

サハリンまで足を延ばした一行は、越後の弁之助なるものが開いた漁場を見学、玉蟲は、つぶさにそのありさまを記している。

彼の記録ぶりを知るのに、格好の記述なので、これも口語訳してみよう。

「きちんとした家はなく、アイノの仮小屋は、四、五軒余。彼らが漁場の手伝いをしている。網を引いて、鎮台のご覧に入れたところ、思いのほか大漁であった。三度の網で、二、三万尾ほどのマスが獲れた。実に愉快である。

獲ったマスを、メノコが、マキリでその腹を裂き、塩をつけるのに、あっという間に一〜二千本位さばいてしまい、まことに神速の早業。

マスといっても、種々あり、アメマスといって、肌に特徴ある魚には、塩をつけて腐敗させ、アイノの食糧にわたす。

そこで、マスのなかからこの魚をえらび、メノコあるいはセカチたちが群れ集まり、互いに争い、選ぶ。これまでは、このように魚を取ることがなかったので、アイノはいずれもよろこび、各々力を尽くして働く様子である。「土人豊年」というべきだ。

また、この辺は、斑石が多い。僕も小石を一〜二合ほど取った。

ところで、この場所はこのように良い漁場なのに、私領なので、シトトコ岬から大難所のため、大船の通行を禁じており、漁の収穫があっても捌きどころに困り、誰もここを通過するものがなかった。

このたび、公領となったことで、弁之助が、シレトコ岬から大船を廻し、ここに無難に着くことができた。なぜこれまで大船を禁じていたのか、そのわけは何か、はっきりしない。

このたび、このように開けたので、追々に定めて大漁場となるであろう。」

そして、四月から今までの塩切マスの数、目方なども記録している。

玉蟲は、数にも強かったようで、所々で、アイヌ人たちとの貿易の品々、値段なども細かく記入している。その頃アイヌ人たちから購入した品々も、ついでに記しておこう。

生ニシン、棒タラ、生サケ、カズノコ、昆布、魚油、布海苔、穴熊皮、熊の胆、カワウソ皮、キツネ皮、ミズナ皮、テン皮など。

対するに、和人からの輸出品は以下のとおり。

玄米、酒、中炉、大炉、地回りタバコ、麹、白木綿、黒木綿、皮針、小針、鎌、火打、大酒桶、耳盥《みみたらい》、金引糸、鍋などなど。

「入北記」は、玉蟲の才能を、心ある役人たちに示す格好の書となったであろう。

「入北記」によってはじめて、彼の使節団従臣は可能になったにちがいない。

また、松浦武四郎ほどではないにしろ、先住民アイヌ人への公平なまなざしは貴重といえる。

もし、死を命じられることなければ、おそらく、島と対になって、請負人制度廃止に力を尽くしたことであろう。島一人でなく、玉蟲もいたならば、なかなかに手ごわく、東久世もかなわなかったかもしれないなど、思ってしまう。

2

米国使節団の一行は、正使、外国奉行・新見豊前守、副使、外国奉行・村垣淡路守、御目付・小栗豊前守以下総勢七十七人。

『航米日録』は、とらわれない目で見た、すぐれた見聞記であり、かつ日本批評記ともいえるであろう。

先述したように、玉蟲が新見の従臣八人中、七番目という低い身分だったこともあって、身分制の弊害がよく見え、それはプライベートな八巻に腹蔵なく記されている。

船中での彼の仕事は、新見らとその部下たちの食事を料理場に行って受取り、食べ終わった食器を洗うなどの世話。新見たち奉行にはあたたかい飯が出るが、他は冷や飯で、寝る場所も大きな違いがある。しかし、玉蟲はそれには不平はない。

かえって、冷や飯にぶつぶつ文句を言ったり、残飯を豚や羊に投げ与えたり、おかずの味への不服を彼にぶつけてくる、下っ端の従臣たちの種々の不満を、玉蟲は笑止なことにおもっている。

アメリカ行きは「我が国開闢以来未曾有のこと」であるというのに、こせこせと飲食のような小事にこだわるとは情けない。だいたい日本にいれば、一汁一菜ですましているヤカラではないか、と。もし、危難にあい、船中での滞在が長くなるかもしれないと考えれば、一粒たりとも粗末にできないはず。

こんな料簡では、上陸しても、恥をさらすことになりはすまいか。

玉蟲は、だまっていられなくて、外国奉行定役を務めている役人に訴える。

と、彼がため息をついて言うには、実は上級の役人たちまで終日飲食のことのみ考えており、従って下級の者もそれに倣っている。まことに嘆かわしいことながら、そのことを口に出せばかえって災いを受けるゆえ黙っているしかないのだ、と。

玉蟲は慨嘆する。こんなことが米人らにわかったら、どんなに笑われることか、実に情けない。下っ端ゆえに見えること。そして、下っ端でありながら、玉蟲には、わが一行は「日本魂」を持った代表として初めて米国に向かうのだ、との自覚があったのだ。

上級の役人中には、目付として小栗上野介が乗船している。堂々とした態度から、正使の新見、副使の村垣をさしおいて、米人らに代表とみなされ、通貨の交換比率でも堂々と渡り合った小栗。

彼は船中でも、勉強会を熱心に開いていた。

その会に玉蟲も加わっていたとの説もあるようだが、その痕跡は日記には見当たらず、新見の低い従者である玉蟲との接点は、おそらくなかったことであろう。

一八六〇年（万延一）一月二十二日、一行七十七人を乗せて品川沖出発したポーハタン号。無事任務を終えて横浜港に上陸したのは一八六一年（文久一）九月閏二十八日。

おおよその旅程は次のようだ。

ハワイ　二月四日〜十七日
サンフランシスコ　三月九日〜十八日
パナマ運河通過　閏三月五日

ワシントン　閏三月二十五日〜四月十九日
ニューヨーク　四月二十七日〜五月十二日
セントビンセント島　五月二十八日〜六月一日
ルアンダ　六月二十日〜二十九日
ジャワ　八月十六日〜二十六日
香港　九月十日〜十八日

まさに世界一周といってもよいだろう。

（これに対して、勝海舟が乗った咸臨丸は、サンフランシスコ止まりで、ワシントン、ニューヨークにはいかず、帰途についている。

ゆえに、小栗上野介の菩提寺・東善寺住職村上泰賢氏が、声を大にして永らく主張しているように、中・高社会科教科書の多くで、咸臨丸の写真が大きな顔で載っていて、ポーハタン号のポの字も掲載されていないのは実におかしな話なのだ。）

ポーハタン号での航海中、玉蟲は米人たちの態度に学ぶことが多かった。

乗船二日目（一月二十日）にすでに左のような記述がある。

「今日になってアメリカ人たちと互いに相親しむことができた。多くは『日本オハヨウ』あるいは『ヨカヂキヂキ』という言葉を覚えているのみで彼らのペラペラ喋っている言葉は全くわからない。ただ彼らは極めて丁寧で誰もがみなよく物事を教えてくれ、少しも臆することがない。（略）彼らの様子を見ていると、それぞれの職務を第一に勤めて片時も怠らず、上官の命令一下、直ちにその手足の如くに行動する。」

同月二十七日、船は大暴風雨に見舞われる。

日本人たちは、息もたえだえの有様なのに、艦長以下水夫たちは、きびきびと活動するのに玉蟲は驚嘆し、嵐が収まったあとの艦長の采配にも感嘆するばかり。

藩への復命書には記せないことを、藩に提出しない八巻で次のように胸中を明かした。

「正月二十七日の風波は最も烈しく、艦長自ら船上に出て、夜を徹して水夫とともに労働を同じくしている。

翌日には、艦長は千ドルを出して昨夜の功を賞した。その恩賞の速やかなことには感じ入る。もしも艦長一人が傍観して、命令するだけで部下にだけ苦労させたり、また功労があっても、自分の意に合わない者は賞さないとか、また賞するにしても、何度かの吟味をへて、月日が経ってからしたりするようでは、部下が必死になって努力することはないだろう。

艦長は元より礼儀作法は薄いが、艱難辛苦・吉凶禍福を部下と同じくし、さらに身分の上下の区別なく、褒賞の速やかなることかくの如し。このようであるから、一旦火急の時には全員が身を忘れて力を尽くすのだ。この国が盛んな理由も、こんなところにあるのだろう。人の上に立つ者は宜しく心すべきである。」

一か月以上経って、玉蟲の米人たちへの好感はさらに増してゆく。とにかく親切なのだ。揺れが激しく、歩くのも困難なときは、嘲ったりするどころか、手を取って助けてくれ、夜中に彼らが寝泊まりする中層へ行けば、「オハヨウ」といい、布団を敷いて「ここへ寝ないか」と手真似でしめしてくれる。

あるいは自分たち日本人が揺れの激しさにもしや海底に放り出されるのではと動揺し、悲嘆するのを見て「ジキジキ」と言って慰めてくれる。じきに揺れは収まるから大丈夫というつもりなのだろう。

そしてこんな暴風はめったにないだろうと思うのに、少しも態度は変わらず、上層は、暇があれば腰かけ、あるいはたたずんで書物を手にし、中層でも、どの部屋でも本を読んだり、飲酒談笑し、いつもと変わらない。

玉蟲は、呆れ、もともと物事に動じない性質なのか、それとも度量が広いのか、と自問自答し、自分たちが今にも溺れ死ぬのではないかと気をもんでいるというのに、彼らの態度に恥じ入るのであった。

身分の差がないことは、いよいよサンフランシスコに上陸してても変らず、三月十七日には次のような感想を記している。

「いつの時であっても、艦長・士官の別なく、上下が相交わり、水夫であっても艦長を重んじているようには見えない。艦長もまた威厳を張らず、お互い同僚のようだ。その情交は親密で、何か事があればそれぞれ力を尽くして救い合い、凶事があれば共に涙をながして悲しむ。我が国の風習とは相反する。

我が国では礼法が厳しくて聡主などは容易に拝謁することができず、あたかも鬼神のようだ。これに準じて少々位の高い者は大いに威厳を張って下の者を軽蔑し、従って情交はかえって薄く、凶事があっても悲嘆の色など見せない点はアメリカ人とは大いに異なる。このようなことでは、万一非常の事態が生じたとしても、誰が力を尽くすだろうか。

この点がアメリカの国運が盛んで平和に治まっている所以ではなかろうかと思われるのだ。そうであれば礼法が厳しくて情交が薄いよりは、むしろ礼法が薄くても情交が厚い方を取るべきではなかろうか。私はあえて外国人の風習がよいと言っているのではなく、最近の事情を考えてみると、そのような結論になってしまうのである。」

上下関係の厳しさへの批判は、パナマ海峡を通ってサンフランシスコへ向かう途次、水夫二名が病死、水葬を行った（閏三月九日）さいにも、ますます募っていく。

水葬は次のようになされた。

甲板に艦長・士官水夫らが並び、牧師が帽子を取って一時間ほど祈ったのち、帆布で包んだ死者の足に、一貫目ほどの鉄玉をしばりつけ、音楽を奏して水中へ落すのである。

玉蟲は、八巻で、以下のような感想を記した。

「昨夜、水夫二人病死す。今日水葬にするとのことで、その式が行われた。艦長らが式に臨み、悲嘆の色を顕わさない者はない。その深く切実な様子は、まるで我が子に対するが如きだ。これによって彼の国が盛んである理由がわかる。何となれば上の者と下の者が相親しむこと、かくの如きであれば人々の心は自ずとよい方に変ってくる。

かつて、合衆国は開闢以来叛逆を行う者がないと聞いたが、実にそのとおりであろうと思う。我国では身分の低い物が死んでも犬や馬が死んだのと同じで、身分の上の者がその席に列して弔うことなどあり得ない。故に上下の情は誠に薄く、彼らに対して恥ずかしい。今、彼らを見て心に恥じない者はいないはずである。」

なお、ポーハタン号の艦長、パナマからワシントンのローノーク号の艦長は、とりわけすぐれた仁だったようで、帰途、ナイアガラ号艦長は「性格が卑しくケチ」だったと、玉蟲は記している。

一方、村垣範正の水葬についての感想は、彼の『遣米使節日記』では「水夫如きものにも、コモドールまで出て送りしを見て、我国人は怪しみけるは、彼は礼儀もなく、上下の別なく唯真実を表して治むる国なれば、かくせしこととみゆ。」と批判的であって、玉蟲のような感想はない。

さて、三月九日には、ポーハタン号はサンフランシスコに十日間停泊。初めて米国の都市に触れた一行。

金鉱発見により寒村から繁華な都市に生まれ変わったサンフランシスコ。

玉蟲の、藩に復命する任務の誠実さと、生まれながらの好奇心は、時候、機械、草木、貨幣、物価、人情などつまびらかに調査、記述する。

以後、どこへ行っても、彼のどん欲な好奇心は変わらない。他の者たちの多くが、土産あさりにのみ狂奔するのをあさましいことに思いながら。

長く滞在できたワシントンでは、精力的にあちこち見てまわる。

写真館に行って写真を撮り、石造りの病院、印刷所、教会、国会議事堂、ワシントンの旧邸などなどを見学、一々記述。

刑務所まで見学しているのにはおどろく。「入口に看守が二、三人おり、械杻（手かせ足かせ）等の道具はすべてここに揃っている。二階から上はすべて罪人の部屋である。すべての部屋が四壁をみな瓦石で囲み、窓は鉄格子で堅牢である。男女は別々の部屋で看守がそのかたわらの部屋にいる。周囲はみな土塀で高さは通常の塀の倍はある。」など。

泊まったホテルの隅々までも、玉蟲は、細かくながめ、描写し、たとえばワシントンでは、ホテルの一階にある売店の電信機を見て次のように記す。

「前中央に電信機がある。少し入った部屋でアメリカ人多数が仕事をしている。かたわらにある一つの箱には各部屋に通じる合図の銅線が集合している。その後には、一つは十三個ずつ十行、もう一つは十六個ずつ十一行の札がなげしの額のように高く掲げて並び、各部屋で用事がある時に銅線を引けばこの札が回転して部屋の番号が現れる。また他に風鈴《ベル》を部屋毎に釣り、その下に小さな板に番号を記しておき、同鈴が鳴るに従って何番の部屋で用事が有るのかがわかる。その銅線は各部屋の隅あるいは壁の間を貫いて設け、その奇功極めて精密である。」

日本の庭とまったく違う庭にも、玉蟲の目は注がれる。

「木は一本も植えていない。中央に周囲四、五間ほどの石池があり池の真ん中に三層構造の石灯籠を立てその頭上から水が飛騰している。高さは一丈ほどでその滴りは雨のようである。池の中には大きな亀を二、三匹飼っている。灯火はすべてガス製で蝋燭は用いない。各部屋の灯籠は瓦斯管を通じてなされ螺旋で開閉する。点じる時は螺旋を左に廻し呼火を点ずれば灯りが燃える。灯りを消す時には右に廻す。その装置は極めて便利である。」

ニューヨークでは、旅館の別館で演劇を鑑賞、おそらくデパートであろう「千種万品を売る巨大な洋服店」、「禽獣の見世物小屋」（動物園ではなかろうか）をのぞき、軍艦製造所を見る。

深夜におよぶ市長主催の歓迎舞踏会に出席、絶え間なく聞こえるシャンパンを抜く音、花を投げ、酒を注ぎ、絶えない笑い声の喧騒ぶりを「奇妙な風習」と記す。


かたや、玉蟲の好奇心と同じくらいにアメリカ人の日本一行への興味も格別であったようだ。なにしろどの都市でも大歓迎を受け、一行を一目見ようと大変な騒ぎ。馬車に乗った一行に、帽子を振って挨拶する者、寄ってきて握手をもとめる者でごったがえす有様。

怖じない玉蟲は、外出を許されると、ワシントンでも平気で一人歩きした。

すると、数十人がそれぞれ自分の家に招こうとして親切に話しかけてくる。

家に行けば、握手、抱き合い、おいしい酒、珍しい菓子を出してもてなし、近所の人たちまで招いてもてなし、家中のだいじなものまで残りなく並べて見せる。

ボルティモアでは、暑いといえば、扇を渡し、咽喉が乾いたといえば、水を出してくれる。珍しい器、品々を出して是非受け取ってほしいと言い、断われば失望する。日本人の名札を好み、白い紙片をもってきて、名前を書いてほしいと言い、一人に書くと、四方から自分にも自分にも、と、あっという間に数百枚におよび、仕方なく墨を隠し、『ノーノー』と断る始末だ。

フィラデルフィアに至っては、実に市街の観衆が数万人を超えたほど。気をよくした玉蟲は、この都市を「窮民なく盗賊もいない。不具のひとであってもよく教育して有用の人にする。」と思い、「政治・教育が行き届いていることはこの都市が第一である。」と記した。

歓迎ぶりは、ワシントン、ニューヨークで絶頂に達する。ニューヨークでは、なにしろブロードウエイを行進するさい、ニューヨーク師団七千五百名（小銃隊・騎兵隊・大砲車十六輛）がパレードを行い、集まった大群衆は実に十万以上、雲霞のごとくであったという。

ワシントンでは、一行はホワイトハウスに第十五代大統領ジェームズ・ブキャナンを訪問。

ここでも玉蟲は大統領の飾り気なさにおどろく。

黒ラシャの衣服を着た大統領は、出入のときも先払いのものが声をかけ、あたりを戒めることもなく、普通の人と同じ扱い。事務を取り扱うもの、婦女子が着飾って左右に並んで同席し、各々が帽子を取って手をにぎり、それから談笑する。

そのありさまは、離れたところに立っている玉蟲でも、首を伸ばせばことごとく見えたのだった。戸外では多くの者が立って見物しており、制するものはなく、さながら親戚あるいは知人同士の集まりに感じられた。

大統領の率直さは、その夜、彼の来訪でますます玉蟲をおどろかす。

同乗者は、御者一名、女性二、三名だけ。特に拝礼するものもなく、その席に玉蟲も座ったが、どの人物が大統領かわからないほど。

「夷俗の上下の別のないことはこれをもって知るべし。」と玉蟲は記した。

ブキャナンについて、ウィキペディアを検索してみる。

任期は一八五七年三月四日から一八六一年三月四日。

ペンシルベニア州で生まれる。父親は裕福な商人で一七八三年に北アイルランドから移住している。

米英戦争がはじまると当初は反対したが、英軍がメリーランド州に侵入すると、志願兵として竜騎兵部隊に加わり、ボルチモア防衛戦に参加した。

弁護士として人気を集め、ペンシルベニア州から選出され、下院議員となり、司法部委員会議長やロシア大使をつとめたのち、一八三四年上院議員に選出。その後国務長官、駐英国大使をつとめたのち、民主党から大統領に選出される。

南北戦争に反対し、南北のあっ旋につとめるも、失敗、奴隷制度に妥協的だとして世論から批判をあび、失脚する。

「彼の多くの才能は、より静かな時代においては偉大な大統領として認められるものであったかもしれないが、南北戦争という時代の大変動と、偉大なるイブラハム・リンカーンによって霞んだものとなった。」とは彼の伝記執筆者フィリップ・クラインの評。

婚約者が自殺したため、生涯独身をつらぬき、官邸内の雑事は、姪のハリエット・レーンに任せ、ファーストレディと呼ばれたことで、現在の大統領夫人の別名の起源となったそうだ。

大統領として特に実績がなかったので、遣米使節との謁見は、心地よい出来事であったろう。

余談だが、このとき、彼はオサヒト（孝明天皇）にウォルサムの懐中時計を贈っている。


ところで、学ぶことづくめで、ひたすら感激している玉蟲に、水を浴びせた者がいる。

玉蟲の友人が、サンフランシスコで中国人と筆談し、忠告を受けたことを玉蟲に知らせたのだ。

中国人は次のように言ったという。

「あなたの国がアメリカと和親を結ぶことはとても喜ばしいことです。そして今回アメリカは定めし親切に待遇してくることでしょう。

ですが、もしこれを信じて疑わないならば、最後は彼らの術中におちいるかもしれません。

わが中国においても、はじめて和親をむすんだ時には彼らはきわめて親切でした。

しかし、今ではどうです。雲泥のちがい。わが中国を蔑視すること、犬馬のごときです。婦女子にいたるまで中国人をさげすむありさま。今になってからホゾを噛んでもどうしようもなく慨嘆にたえません。貴国も用心しなければ、後で必ず卑下されることになりましょう。」

なるほど、と玉蟲はうなずく。

そういえば、ホノルルで中国人の薬店主・麗邦と筆談したときにも同様な忠告を受けたのだった、と思い返す。

そのとき、玉蟲が、「現在、文学が盛んなのは、ただ貴国と我国のみである。然るに近来、洋学が流入し、大いに聖道を害している。貴国は、この災いに係わりなきや否や。」と問うと、麗邦は、「現在、文学はただ我国と貴国と同じ。然るに西洋の学問は人倫の道に反し、特に取るに足りない。思うに、近頃、人心は普通のことを嫌って、新しいことだけを喜び、ただ付和雷同する者あり。これまた、世道人心が変り、聖道を守る者にとっては身にしみて感じるところである。」と返した。

聖道は儒教の教えを指しているだろう。

この返事に玉蟲は大いに共感し、人の世はみな、このようなものだから、憂うることもないが、と云いつつ、近頃、英夷との間で貴国と争いがあったというが、ご存じであろうかと問い、次のような問答が交わされた。

麗邦　逆夷が争いを起こした事情は詳しく聞いている。目撃した者の話も聞き、心を痛めている。彼らは戎狄（野蛮人）で虎や狼に等しく心は残忍で聖道とはひどく反している。最近聞いたところでは、今年の春、天津の北河地方で戦争があったとのことだが、詳しいことは分らない。家から手紙が来るのを待って、初めて真実を知る。

玉蟲　貴国は今なお、かくの如しか。我国は去年の夏六月より、互市（貿易港）を横浜港に開いた。黠夷（悪賢い野蛮人）が跋扈するのは言うまでもない。これは私の深く嘆く所以である。

麗邦　今、貴国とアメリカが和好（修好条約を結ぶ）と聞いた。実に喜ぶべきことだ。ただしこの度の奉行の使節団に文人、武人が何人いるのか知らないが、アメリカに行くからには、その風土や人情をしっかりと見て、貴国に帰るべきだ。

玉蟲　今回アメリカに行く使節団はたいてい、文武のあるものである。ただし最近、昔と違うところは、多くは西洋学の人のみで、専ら聖道を学ぶ者はわずかに七、八人のみ。これまた感慨に耐えないところである。（略）

実は、この有益な筆談には、後日談があって、直属の上司である新見の従臣にくわしく報告し、あらましを紙片に記して見せたところ、大いによろこんで「おう、これは帰国のときのよい土産になるぞ」と新見のもとへ持って行った。

ところが、新見は顔色を変えて怒ったのだ。

筆談記録のなかにイギリス、アメリカを戎秋、野蛮人と称してあるのを見て、今、アメリカ船に乗っているというのに、そのアメリカを卑しめていることが彼らに知れたら大変なことになるではないか。

怒られた家臣は掌を返したように今度は玉蟲を怒鳴りつけ、のみならず今後一切、筆談禁止の命がでたことも告げられる。新見も、その家臣も、よほど小心翼々のお役人でしかなかったようだ。

心中おさまらない玉蟲は、非公開の八巻につぶさに筆談の中身を記録し、憤懣もそこにぶつけた。

「自分は元より外国語はわからない。幸いに相手が中国人だったので、筆談ででも外国事情を探ろうとしただけだ。なんでそれが咎められねばならないか。アメリカ人は心が広くて大きいから、こんな些細なことを問題にしたりはしない。それを怖れていて逆らわないことばかり気にしていたら、彼らはますます勢いを得て、ついには制することもできなくなってしまうであろう。」

このころ、アヘン戦争（一八四〇～四二）でイギリスに香港を奪われた中国は、やがてアロー戦争でイギリス・フランス連合軍に北京入城を許し、天津を開港し、イギリスに九竜を割譲するなどの北京条約（一八六〇）をむすばせられる羽目になっていた。

しっかりせねば、中国の二の舞になるぞ、との玉蟲の思いは、そのような危機感を持たないように見える上司たちほかへの鬱憤が積もっているところへ、その思いをさらに強くする出来事が起こる。

中央アメリカのアスピンウォール港からローノーク号に乗船中のことだ。

玉蟲が、日記をつけようとして筆をとっていると、アメリカ士官二名が目に留め、珍しいとおもったのであろう、自分の帽子を取って、これに何か書いてほしいと手真似で頼んできた。

一人には「天下英雄有幾」（天下に英雄、幾人かある）もう一人には「一王千古是神洲」（日本は千古の昔から一人の天皇をいただく神の国だ）と書いて渡したところ、大喜びして持ち帰った。

これを見て上役にご注進におよんだものがいるのだろう、ほどなく役人に呼ばれ、「一王千古の句を書いたのか」と尋ねられる。たしかに書いたと言うと、そのことが奉行の耳に達したらしく、今度は上司に呼びつけられる。

彼が言うには「アメリカは共和政治の国なのに、一王千古の句を書いたりしたら、アメリカの気に逆らい、大きな禍が生じる端緒となるかもしれない。かつ、帽子はきわめて貴いものだから、そこに文字を書くなど失礼にあたり、このために万一、もめごとでも起きたらお奉行さまの面目が失われるではないか。今後、一切、筆を取ってはならぬぞ。」

きびしく叱責された上に、今後は決してそのような行為をしませぬ、との証状まで書かされたのであった。

事を知ってうろたえ、家臣に申しつけたのは、能吏でしかなかった正使の新見であろう。

玉蟲は大憤慨、八巻で、新見らへの批判をるる記している。大患の端緒となることなど、全くあり得ない、と。

「しかも我国のことを卑下するのは、お上に対して、恐れ多いことであり、いかにアメリカが強国であるからといって何事も逆らわず言いなりになっていれば、彼らはますますのさばりはびこって我々をさげすむこととなるだろう。」

と嘆き、最近すでにその兆しがないわけではない、と警告、

「何となれば我が使節団の多くは、こぞって彼らをもてはやし、少しもその意に逆らわず、たとえ我国の恥になることであっても何事もなく安全に帰国できさえすれば本望とだけ思い、万事彼らに媚びへつらってばかりいる様は見るに忍びない。私は一介の書生に過ぎないので事情には疎いと

いうものの、これを思うと思わず涙で袖を濡らしてしまうのである。」

とまで嘆いた。

一王千古の句は、玉蟲の造語であろうか。中国には古来、たとえば唐の太宗を「千古英雄人物」とたたえ、また自国の美称として「神洲」の語を使っていたから、それをもじったのであったか。幕末期、おそらく彼も勤王思想に染まっていて、「一王千古」が、彼の「日本魂」の誇りとなっていたのだろう。

ともあれ、アメリカの進んだ「文明」と「民主主義」に感嘆し、学ばねばとおもいながらも、いたずらに彼の国におもねね、へイコラすることは良しとしない気概が、彼にはあったのだ。

（これを書いているうち、元広島市長であったH氏が、在韓被爆者市民会議主催の講演で「とにかく日本の官僚が気弱い。もう少しアメリカに言うべきことを言って下さい、と迫っても、いやあ、そんなこと、とてもとても、怖くて怖くて言えるものじゃないです、と、本気でびびっているのですから、どうしようもありません」といわれ、つくづく慨嘆されていたことを思いだした。

現在の日米地位協定など、そのよい例だ。

米軍基地を置いているドイツにしろ、イタリアにしろ、米軍が起こした事故をきっかけに、しっかり話し合い、基地の一切を国法にしたがわせ、自分たちの同意がなければ動けないようにシバリをかけているというのに。）

さて、任務を終えた一行は、大西洋を横断、アフリカの南端、喜望峰を通って復路に就く。ポルトガル領セントビンセント島を経て、同じくポルトガル領ルアンダへ。ここは奴隷の輸出港だ。

ポルトガルの役人たちは、奴隷が逃げないように、彼らの首あるいは足に鎖をかけ、四、五人あるいは六、七人数珠つなぎにして、頭上に荷物を載せて運ばせる仕事などをさせている。役人の手には鞭があり、もたもたしていれば容赦なく鞭が飛ぶ。

観察している玉蟲には、奴隷にされた先住民への同情心はなかったようで、虫のように愚かで、豆と麦の区別もつかないほどだと蔑んでおり、ポルトガル人への嫌悪は見られない。

（アメリカに滞在しているときの黒人についても、同様で、感心した身分の上下のなさが、白人止まりであることに玉蟲は思いつかなかったようだ）

やがて、オランダ領ジャワ島、バタビアに上陸した一行は、東インド総督から贈られた美酒に酔い、長かった船旅の抑うつから解放されて、旅館の近辺を散歩。

訳者であり、左太夫の玄孫である山本三郎氏は、著書のところどころで、「三郎のひと言」という欄をもうけていて、これが存外面白いのだが、ここでは以下のようなひと言を述べている。

「現地人はしばしば飢餓と苦役を強いられたが、左太夫の記述はオランダ側による説明を基にしているため、すべてオランダ側から見た内容になっているのは止むを得ない。人口十一万八千人余りのバタビアを支配しているのは、わずか二千八百人のヨーロッパ人（ほとんどがオランダ人であろう）であり、ヨーロッパ人に次ぐ地位を占めていたのは二万五千人を数える中国人だ。街はオランダ人と中国人で二分され、バタビアは実質オランダ人と中国人の街だったのであろう。そしてもともと住んでいた八万人のマレー系の住民はオランダ人の過酷な支配下に置かれていたが、左太夫ら日本の使節たちは、この時点ではそのような事実にまでは踏み込んでいない。」

玉蟲が落胆したのは、尊敬してきた中国人が、この地では聖道を捨て、利に染まり、たとえば上陸したときに巻きたばこをくれた者が、翌日には請求書を持ってきてきびしく代金を請求する狡猾さ。自分たちの服装をみて道端で大笑いする礼儀のなさ。

他国の人と交わってこのように変ってしまったのであろうと推測し、「恐るべきことだ」と胸に刻む玉蟲である。

最後の寄港地は、香港。

九月十二日、上陸。数十人の中国人が群がり、一行を見物しようとすると、イギリス兵が鉄の棒で追い払う。これには玉蟲も「あたかも犬や馬を追い払うようだ。これを見て甚だ心が痛んだ」。

その頃、イギリス軍一万六百、フランス軍六千三百は、北京西郊の華美を尽くした離宮、円明園に侵入している。

先に侵入したフランス軍が略奪しまくり、後から入ったイギリス軍が負けじとばかりに略奪しつづけたもので。

紫禁城の三倍の敷地をもった円明城。二百の建物には書画、ヒスイ、絹織物、磁器、紫檀の調度品などがぎっしり収められていた。なにしろ三代の皇帝（康熙、雍正、嘉慶）が百五十年かけて造営、破壊以前に訪れたイギリス人が「夢のように美しい」と感嘆するほどであったのだ。

英仏軍将兵の勝手な略奪のあと、イギリス軍は遠征軍司令官エルギン伯の「捕虜を虐待されたことへの復讐」との命を受けて徹底破壊、放火し、廃墟にしてしまう。

そして文宗咸豊帝が熱河に逃げたあと、北京に無血入城、北京条約を結び、九竜のイギリスへの割譲、英仏軍への賠償金を天津条約よりそれぞれ八百万両増額、天津開港、カトリック教会は随意に土地を租借、購買、家屋を建築できるなどを定めてしまった。

すでに、先の天津条約では、以下のことを決めさせられていたというのに。

外交官を北京に駐在させ、イギリスに四百万両、フランスに二百万両支払い、外国人の内地旅行の自由、キリスト教の宣教師、信徒の保護と布教の自由の保障、九港の開港、アヘン貿易の公認など。

で、やむなく結んだ条約であったから、両国の使臣が批准交換のため北京に行こうとすると、清国は彼らを捕え、拷問し、虐殺してしまった。

憤激したエルギン伯がそこで下した命令が、まるごと焦土とすることだった。

文豪ユーゴーは、さすが次のように指摘している。

「二人の泥棒が円明園へ押し入り、盗み、破壊し、放火した。そのあと笑いながら略奪した宝物を袋いっぱい抱えて去っていった。ひとりの泥棒の名はフランス、もう一人の名はイギリス。われわれは自ら文明と称し、彼らを野蛮人という。しかしこれが、文明が野蛮に対してやったことだ。」（一八六〇年）

香港がイギリスの植民地にされたのは、アヘン戦争後の一八四八年。玉蟲たちはその一四年後に立ち寄ったことになる。

その頃、香港の中国人の間では、日本一行の入港に、ひょっとしてアメリカと組んで、マカオを奪う企てではないかとの噂が広がっており、じかに入港の目的を尋ねるものもあった。

また、なお明の時代を慕って、事があれば「その機に乗じて蜂起することを望んでいる」ものもいる、と玉蟲が記しているのは、ひょっとしたら、しかるべき人物と例の筆談を行ったものであろうか。八巻にも詳細は書けない情報だったのかも。

九月十五日、玉蟲は、「今日、北京落城のことを聞く。」と記している。「咸豊帝という人物は生来惰弱で常に女色に耽り国家のことに心を用いず、このため民心が離れて天命が尽き、庶民たちはイギリス兵の乱入を幸いとし、そのため兵を起こしてこれを助けようとするものなどいなかった。数か月の間に遂に落城した。これは自ら招くところであり、もし智者がいたとしても如何ともすることが出来なかっただろう。」

淡々と記しているのは、すでに滞在地の香港で、中国人のありさまを見ているからであろう。心中では、日本も同様な轍を踏むまいと念じたことであろう。

九月に十八日、ついに長旅が終わり、品川沖に碇を下す。

翌上陸、下っ端の玉蟲は、奉行たちの行李の管理をするために一行より一足早く、築地講武場に着く。

「私を迎えて待ってくれていた者数十人が岩頭におり、大いに喜び左右から集まって来てあるいは袖を引っ張り、あるいは肩を叩いて帰国の喜びを唱えてくれる。私は一書生に過ぎないのにこのようなことだから他は推して知るべしであろう。」

彼の感想は控え目だが、鎖国以来、実に未曾有の大旅行であり、十か月で地球を一周したことも稀なこと。

しかし、旅行中に大老井伊直弼が殺害され、帰ってきた日本は大揺れに揺れていた。

3

玉蟲は、早速『航米日録』をまとめ、仙台藩主伊達慶邦に献上したのち、改めて仙台藩士に取り立てられ、江戸屋敷の順道館教授へ、ほどなく仙台の藩校養賢堂の指南頭取に。

順道館では、学生らに、渡米して見聞きした米国の共和政治を語り、荒れ狂う海に上下一致して立ち向かった海軍、ろくにお供もつけない米大統領が選挙でえらばれることも話して、いずれ日本もそうならねば、と熱をこめて講義したことであった。

やがて、その鋭い観察眼を認められ、隠密として江戸・京都・大阪ほか各地の情勢の探索を命じられる。

三五石（三両四人扶持）の大番士に取り立てられたわけで。

この頃、仙台藩は、三度目の奉行になった但木土佐が、尊攘派を追放して実権をにぎっている。

尊攘派は、但木らを「蘭癖ノ説」だと批判。

玉蟲は、京都守護職の会津藩、薩摩・長州の動向などをその冷徹な目で調査し、かつ知己を得た多くの人びとからの情報も得て、その結果を『遊武記』『官武通記』にまとめて藩主に提出している。

では、実際にその書を読んでみようと国会図書館に電話してみると、『遊武記』は所蔵していないが、『官武通記』は、二巻に分かれ、書庫にあるとのこと。番号も教えてもらい、ありがたい、ありがたいと雨のなか、永田町に向かう。

すっかりやり方を忘れていて、またまた、何もかも付き切りで教えていただく。

二〇一六年に復刻された二巻は、新しく読みやすい。

もともと続日本史協会が編んで、大正二年（一九一二）八月二十五日に財団法人東京大学出版会が出版、昭和五十一年（一九七七）六月に覆刻した代物。

緒言で言う。

本来、これまで公刊されず、写本もまれであり、採録の公私文書も魯魚の誤りがすこぶる多いので、孝明天皇紀ほか公家諸家の記録を参考にして訂正したとのこと。

あれ、ロギョの誤りってなんだ？　無知識のこちらは、広辞苑を引いてみる。

「魯」字と「魚」字とは形が似ていることから、文字の書き誤りをいうのだそうだ。いくつになっても、知らないことの多いこと。これだから生きているって楽しいなんて思いつつ、緒言の玉蟲紹介のアメリカ帰国後のところを読む。


「名は茂誼、東海と号す。

万延元年帰朝す。爾来もっぱら開国の論を唱へて国事に奔走せり。後、擢《ぬき》でられて養賢堂指南頭取、軍務局頭取となり、近習をかねる。藩主伊達慶邦の信任を受く。

明治元年、朝廷の仙台藩に命じて会津荘内の二藩を討たしむるや左太夫いたくその不可を諍ひ、遂に藩論を決し、付近の二十余藩と同盟して王師に対抗す。

乱　平ぐに及び、その罪に座して、二年四月自尽を命ぜらる。時に四十有七。著す所、本書の外、なほ『航米日録』『夷匪入港録』藩洲記事、兆周記事等あり。

皆有用の書なり。」


『官武通記』は、文久二年（一八六二）から元治元年（一八六四）までの探索書だ。

これらの年に何があったか、年表を見てみよう。

一八六二年　坂下門外の変、島津久光、公武調停企図、その途次寺田屋騒動、生麦事件、京都守護職を置く（松平容保）、参勤交代を三年に一度とする。朝議、攘夷に決する。
一八六三年　家茂上洛、賀茂、石清水に行幸、攘夷祈願、攘夷論最高潮、八月十八日の政変、攘夷論者失脚、七卿都落ち、天誅組の変、生野銀山の変。
一八六四年　藤田小四郎ら挙兵、蛤御門の変、長州征伐、長藩謝罪。

まさに日本全土が揺れ出す時期。風雲急を告げる時期に、玉蟲は、探索の仕事を仰せつかったわけで、その藩主の期待にみごと応えたといえよう。

さまざまに飛び交う書簡、公文書、風説、などなどを律儀に編んだぼう大な報告書をみて、特に目を引くのが、「薩州始末」「長州始末」と題した報告が幾度となく出てくること。

文久二年の「長州始末」第三十六（風説）には、左のような記述がある。

「長州候は、京都で評判がよくないとのこと、わけを聞くと、京都の御論に雷同して、勤王とさえいえば、評判よろしいだろうと考え、それではとても天下のまとまりはおぼつかないのに、取り持とうとしたことで、不評判になったとのことです。しかし、不評判なのは、かえってよいことだと言われております。」

「長井雅楽《うた》は、表向き正論を申しているように見えますけれども、その実は奸謀甚だしく、国許へ押しこめられたのは、もっともであるそうです。

そのわけは、表向きは正論を立て、ひそかに安藤侯らにワイロを用い、正論が行われるよう取り計らい、いよいよ開国の節は、夷狄の取り扱いを幕府から長州へ任されるようにしたい所存の由です。その奸謀、悪のいたりと申せましょう」

正論とは、開国論をさし、玉蟲も開国論者ながら、開国後の列国との貿易の利を長州にさらっていこうとする謀が許せなかったのであろう。

しかし、長州では、攘夷論者が台頭し、開国論者の長井雅楽は、国元で切腹を命じられる。玉蟲はそのことも記し、死に臨んで長井が詠んだ歌なども書きとめられている。

君がため死する命は惜しからず只思はるる国の行末
同じ開国論者として、長井の死を悼む気持ちもあったのではないか。

薩摩について、早くから左太夫の目は辛い。

文久二年の探索書を口語訳にしてみよう。

「島津和泉は、攘夷をかかげて今上天皇を助け、幕府の開国を断然拒み、王政復古にしたいと、いかにも尊王への誠心にみえますものの、内実は決してそのようなわけではございません。もっぱら奸計をたくらんでいるに相違ありません。

そのわけは、元来、夷狄とひそかに交際し、貿易なども私に取り結んでおります。このことは幕府も全く知らないわけではないながら、寛大の思し召しにより、特に探索もなされずにおるところ、近来、横浜などの港へ互市を開きましたところ、日本の品々がその諸港から、どっと交易されるようになり、薩州の交易はにわかに衰えてしまいました。

ために薩州経済、ほとんど窮迫いたし、なにか罪を犯そうものなら持高を半地、召し上げるように相成りました。幕府への怨恨もおこってまいりましたものの、しかしながら、公然と怨恨を吐露いたすこともならず、やむなく攘夷の策をもって朝廷を誘い進め、開国を拒んで、将来、将軍の位を奪い、自在に開国貿易をしようとの策略で、全く、尊王忠誠の心ではありません。

もともと薩州は、昔から私に開国いたし、西洋の器械、蒸気船を用いておったことは幕府の開国以前からのことであります。しかるに只今になってかれこれ攘夷を唱えるわけは決してあるはずもなく、その奸謀は実に顕然たることでございます。

ただただ、幕府が怯懦柔弱とばかり朝廷が思われておるところを、薩州がその機に乗じて私欲を遂げんとする奸計に相違ございません。その所為、憎むべく、かつ恐るべきことでございます。」

世界の情勢も知らないオサヒト（孝明天皇）の開港拒否に業を煮やして、武力によって朝廷を掌握しようとした、いわゆる小笠原長行の卒兵上洛も、玉蟲はきちんとつかんで報告している。

京で待ち受けるはずだった姉小路公知の暗殺も、失敗の一因といわれている。

では誰が暗殺したのか、私とオサヒトの亡霊はいろいろ推理し、姉小路の死で得をした長州と決めたのだったが、なんのことはない、玉蟲は、蒸気船見学のさい、勝海舟から攘夷の無理をさとった姉小路が、開国を是としたことで、長州に暗殺されたのだとあっさり記しているではないか。

「少将（姉小路）を生かしおかば大望水の泡と相成り申すべしとて五月二十日の夜、姉小路殿退出を待ち受け、朔平門外に於いて、かの長州士闇討ちにいたし、謀議いよいよこまやかにして、まず夷船へ発砲いたし戦いをはじめ候て、勅令を尊奉し、幕府の柔弱に引き換え候様の巧名奏聞し、これを次第に手綱にして、御輿を長州へ奉遷、天子を挟て四方に号令を伝へ、関東を朝敵の如くいたさんとの企て。」

強硬な攘夷派の姉小路が、開国論に変ったのを気づいた長州は、彼の考えが朝廷に浸透するのをおそれて、暗殺にふみきり、犯人を薩摩にかぶせたのだ。

で、朝廷から薩摩は疎んじられ、長州の一人殿下になったわけで。小笠原の卒兵も姉小路と連携して実行されるはずであったから、長州の姉小路暗殺は、成功したのだった。

かくて朝廷を牛耳り、攘夷派が意気盛んな長州は、外国船を砲撃したものの、かえって四国艦隊の砲撃を受けて大敗する。

外国船砲撃にも、玉蟲の筆はきびしい。

「古今未曾有の国辱を外夷にさらし、笑いものとなり、長州侯父子ならびに執事のやからは、死んでもなお余りある恥辱の身となったというのに、与する堂上方、三条中納言殿、西三条殿、錦小路殿ら、巧言をもって嘘偽りを申して、恐れ多くも一天の君をあざむき奉るとは！」

攘夷祈願の行幸の真のねらいを察知したオサヒトが、長州一派の排除をくわだて、成功した十月十八日政変。玉蟲は、姉小路十七日夜から危険を冒して情報収集に出かけ、なまなましい筆致で記す。これも口語体にしよう。

「八月十七日夜九時ごろから御所のあたり騒がしく、なぜかは一向にわからないながら、十八日に至ってますます激しく、在京の大名のほかに、居合わせた諸藩士らもおのおの甲冑姿で馳せあつまり、大騒動でございました。

六つの門は閉めきり、堂上方ですら出入りむつかしく、武家はといえば、いずれも槍をたずさえ、後ろ鉢巻きして、鎖ジュバン、あるいは小具足、鉄砲にも残らず火縄を用意のありさま恐ろしく、わけて、長州、土洲、上杉、肥後、会津、至って美々しく、三条卿はご守衛の人数二千人ばかりひきいて、みなみな甲冑、大砲を引かせてご参内なされ、私、玉蟲は、こわごわながら十八日朝から見物に出かけましたところ、夕方七つ時になりますと、またまた、追々に人数が馳せ集まってまいりました。

私めが見受けましたところ、菱川、河越、福山、阿川、松山、大洲、松浦、姫路らでございました。今のところのあらましで、さらに分かり次第、後便にて報告いたします。」

学者の玉蟲は武術は得手でなかったのだろう、こわごわ見物に行ったと正直に書いているのも面白い。

で、以後の動き、会津・薩摩が組むなかで、長州が敗北、公卿の攘夷派、七人も長州に落ちていくさまがくわしく記される。

長州の企てを押え、追放することができた政変。

事が終わってから、玉蟲は、改めて次第を藩主に報告する。

長州藩は、従来、私望を企んでおったことは、およそ三十年以前から十津川または紀州新宮あたりの百姓らへ救金を与え、手名づけておったことでも明白であります。

内実は、天子を奉戴し、私の望みを達しようと期しておりました。

関白はじめ諸堂上に近づき、気に入られ、万事に長州のおもうところを朝廷に浸透させ、叡慮にしてしまい、その上、去年以来、市中の物価を取り調べ、不良人を殺害して民心を手名づけ、慷慨の心を生じさせるなど、みな長州の謀計で、浪士を仕立てていったと聞いております。

かつ、行幸の儀も、長州からしきりに言上して、行幸の途中でまっすぐ長州へ供奉奉り、天子を擁して四方に号令し、自ら天下兵馬の権を掌握しようと企て、行幸をすすめたところ、天子は、会津・備前の両藩にも供奉を仰せられたにより手筈が食い違ってしまったと、捕えた浪人が白状いたしました。

かく計画が困難となり、この上は暴発して、天子を驚かせ奉り、お立ち退きの途中で奪うか、または中川宮を供奉し、長州へ立ち退くか、両計画を考えていたようです。

この政変では、薩摩は会津とともに御所を守り、長州をしりぞけている。しかし、玉蟲は、薩摩に少しも気を許していない。

大人数を京に上洛させていることも怪しい。

口ではもっぱら京を守るためで、天下のことは諸侯の公論にしたがうとか、もし怪しくおもうなら忠告してくれれば直ちに改めるなど清明の論を薩人はだれも言う。

しかし、十八日以後、すべて会津を使い、おのれは安然として知らないものの如くだ。

京、大阪、兵庫に藩士を充満させ、兵威をもっぱら示している。藩士の様子を見るに、威力をもって町人百姓をしのぎ、怖れさせ、あるいは恩をほどこして歓心を買い、人望を取り、そのため四条の劇場では勇士の装束も薩摩風に模しているありさま。これらを見るに疑わずにはいられない。と、薩摩も玉蟲にあっては、かたなしである。

「昨今、京都では島津少将殿（久光）の勢いがすさまじいものがあります。表には寛仁大度に見せつつ、陰にては陰謀奸欲をもつとうかがわれまする。大綱を張って、網中の天下をわが手におさめようとしております。追々、日本の害になりそうでございます。」

オサヒトについても、忌憚なく報告する玉蟲。

純良で読書もよくするけれども、なにぶん深窓での成長で女性か柔弱公卿だけが相手だったため、ひたすら無事をのみ好むだけ。ただ一点の私心もなく、どこまでもこのままの天下を望み、王政復古などいささかも望んでおられないようだ。

長州征伐に対して、家茂将軍への宸翰が、干戈を交えなくともよいと急変し、将軍が困惑したことがある。調べてみると、閨で、都落ちした公卿の妹が、頼んだためであったりした。家茂が秘密にしたことで助かったといえる。その宸翰は拝見していないため、しかとしたことは言えないが、要路の役人の言である、などなど。

松平春嶽に対しても、玉蟲の筆は容赦ない。

「春嶽公、上京以来、薩州へ甚だ媚びられているご様子。」

かと思えば、春嶽公は、中川宮の館へ、勘修寺宮と一緒に伺い、酒宴が始まると「朝敵春嶽お酌をいたす」など、その座の取り持ち実に如才なく、油断できないお方だともっぱらの評判である、と。

大名それぞれの処し方も、短い言葉で巧みにその本性を突いている。

戊辰戦争には加わらず、体力を温存して、戦後の国造りに備えた佐賀藩主については、「鍋島閑叟公未だご上京これなく真の老狸とも申すべきことに御座候。」と指摘、「佐賀の国論は勤王でも幕府でもなく、自国を富まし、兵を強くして、中原の風雲をつかまれるご所存としかみえません。

もっぱら経済に力をそそぎ、ご先代が失くされた軍備金五十万両をば、今の代に元のように備え、新たに百五十万両を御積み立てなられたとのこと、それも六、七年前のことですから、今日ではさらに備蓄はますます増えていることでしょう」と。

永く国交を保ってきたオランダについても、一家言。

「オランダは、日本と旧交の国。ことに小国でありますゆえ、他の国々と異なり、これまで、諸事、日本の法を守り、穏便を主としてまいりましたところ、長州暴発ののちは往々ムツカシキことのみ申し立て、また、すこぶる尊大になってまいりました。」

終り頃の探索書は、京での人情が長州に移り、会津がきらわれてしまったことにも触れる。

「会津侯は、市中の人心が離れ、とかく誹謗の声のみ聞こえて参ります。まこと御気の毒でございます。

京師にて力を尽くした藩は、会津が一番であるといいますのに、人心の不服、今は会津よりきらわれている藩はありません。

なぜであるか、わかりかねますけれど、市中一同、長州を恋慕しているありさまであります。

薩摩は、きらわれることなどありませんけれど、大奸の名は免れがたいと存じます。

怖れながら近衛さま、中川宮さま、奸薩らに傾かれたと噂されております。

二条関白殿下は、ただ、位にいるだけと評判、有栖川宮さま、鷹司さまあたりは、何故か、人心の傾くところ、長州同様でございます。

いずれ蟄居させられた堂上方は、たいてい人心を得られることとぞんじます。」

かつて不評判だった長州が、人気を得、真面目一方な会津の不評判。

最後の報告からは、玉蟲のため息が聞こえてくるようだ。


その後、将軍家茂の死（一八六六年）、翌年にはオサヒトが殺害された（一八六七年）後、徳川慶喜による大政奉還が行われる。

慶喜は、朝廷を掌握して新たな近代的政権を樹立するはずであった。

しかし、岩倉・大久保らは「徳川慶喜、会津の松平容保を討て」との真っ赤なニセの詔勅を作成、長州藩主、薩摩藩主をあざむき、「王政復古」と称するクーデターで朝廷を掌握する。（以下、詳細は拙著『オサヒト覚え書き』）

ここに、権力は、江戸、京都の東西に分裂するかに見えたが、大阪城にいた慶喜が、慶応四年（一八六八）一月六日、突如江戸に逃亡して朝廷に服従する道を選んだことで俄然薩長派が有利となった。

もともと勤皇派の水戸出身である慶喜は、岩倉具視が考案した錦旗に、刃向うことはできなかったのだ。

慶喜の逃亡により、西軍は、鳥羽伏見の戦いに勝利する。

その慶喜を薩長側は許さず、一月七日、追討令を発し、十日に慶喜・松平容保の官位を奪い、「朝敵」だとして、奥羽諸藩に「官軍」の味方をするよう命じる。

一月十七日には、仙台藩に、錦旗に発砲して「大逆無道」の松平容保を、単独で攻めよ、と命じてきた。

このとき、京都に滞在していた家老の但木土佐は、二月十一日付の建白書を作成し、藩主伊達慶邦の同意を得て、朝廷に提出しようとした。

日の目を見なかった建白書は、戦争は薩摩がしかけたもので慶喜に謀反の意思はなく、攻撃は天皇の意思ではないゆえ、かつての長州への処分と同じように寛大な処置をすべきだ、外圧があるなかで内乱は避けねばならない、との今からみればごく全うな内容であった。

玉蟲や若生文十郎の探索による意見が実った建白書だったといえるだろう。

一方、この問題を奥羽雄藩である仙台藩としては他の奥羽諸藩と協議する必要があって、玉蟲と近習目付の安田良知を秋田・盛岡・弘前に遣わしている。

その間に、慶喜の謝罪恭順がみとめられ、西軍は江戸城を開城。しかし、薩長の大久保・西郷・木戸としては何が何でも、これまで自分たちにたちはだかってきた会津をつぶし、容保の首を取らねばならない。

風雲急を告げるなかで、但木は仙台に帰っていく。

4

一八六八年、二月二十六日、但木家老が京都から仙台にもどっていったとき、藩内は、二つに割れていた。

西軍方に立ち、会津討つべしとの三好清房、坂本大炊らに対して、会津救済派の大槻磐渓門下の但木土佐、玉蟲、若生文十郎ら。

蘭学者・大槻玄沢を父に持つ磐渓は、先述したように、もともと攘夷派とは無縁で、つとに佐幕開国を唱えている。また、英米を怪しみ、親露外交を主張していた。

三月七日、若生が巧みな案を提出する。

「勤王」には賛成だが、薩長の力を抑えねばならない。そこで、会津に出兵するものの、戦争せず、会津に恭順の態度を示させて攻撃の名目をなくす、そうなれば仙台藩の力を薩長も認めざるを得ないだろうという提案だ。

首席奉行として仙台藩を束ねる但木土佐は、京都にあって生真面目に孝明天皇に仕え続けた会津藩を知ればこそ、「朝敵」との討伐はいかにも受け入れがたい。かといって戦争も避けたく、ここは会津に涙を呑んで恭順してもらい、自分たちは鎮撫使に謝罪を嘆願しようとの心つもりであったから若生案を取り入れ、藩主の慶邦も賛成した。

早速に、玉蟲を近習格に任じ、若生を副使として会津に派遣する。

もともと戦争をのぞんでいない容保は、仙台藩の案を謝し、玉蟲らに酒を与えている。

このとき、玉蟲は「大盃（大敗）を嫌う、小盞（勝算）を賜りたい」と述べたという。薩長をよく知るゆえに戦争は結局避けられないことを知っていたのではないか。

遅れて米沢藩の使者も到着、仙台藩案に異論はない。


三月十八日、仙台湾に奥羽鎮撫総督府一行を乗せた大型軍船が、ついに姿を見せる。

総督の九条通孝以下、下参謀・薩摩の大山格之助は戦士八十六名、雑兵役夫百二十八名をひきい、同じく下参謀・長州の世良周蔵は戦士百六名、雑兵役夫三十名をひきいた大軍勢。

実権は大山・世良が握っている。

大山は仙台湾に上陸したとたんに、停泊している積荷いっぱいの江戸商人の西洋型帆船を見つけ、臨検を命じる。積荷の中身が、貴重な陶器、砂糖だと知ると、敵の船だと言って分捕り、貨物と船を没収、やがて売りさばいて数千両を稼いだものだ。

また、兵士たちといえば、女性たちを見ると、卑猥な声で騒いだため、遠巻きに上陸をながめていた女性たちはおどろいて逃げ帰った。

そういえば、アジア・太平洋戦争時、海外へ出兵の前に、訓練を受けるため広島に駐屯している時、道を往来する女性たちを見ては卑猥な声を投げかけるだけが唯一の楽しみになった、と、ある兵士が日誌に書いていたのを思い出す。

三月二十六日、梅林亭で開かれた花見の宴で、世良は酔いにまかせ傍若無人の態度で、ただちに出兵しない仙台藩を軟弱だとなじる。一刻も早く容保の首を取れ、と。容保の首を取って開城させなければ許さないといいつのる。

上に立つものがごう慢だから、薩摩・長州・筑前の兵士らは、我が物顔に仙台市中をのし歩き、商店に押し入って強奪するものや女性を強かんするものまであらわれる始末。

養賢堂の学生たちは、こうなれば薩長兵を皆殺しにするといきまき、但木に呼び出されて、いまは事を起こすべきではないとして、学生たちをなだめるように頼まれた玉蟲は、自分は学生たちを支持します、と憤然と答えている。

薩長派のほうは、その玉蟲を許せず、誅殺するといきまくありさま。

両派から批判されるという苦しい立場の但木は、鎮撫使一行の顔をたてて、四月十三日、千人余の藩兵を会津国境に送り、藩主慶邦を出馬させる。

その一方で、会津をやっつけると意気込んでいた薩長派を罷免する手段に出た。

四月二十九日、七ヶ宿街道関宿で、会津の使節と仙台・米沢らの会談が行われた。

この会談には、玉蟲は参加していない。留守を預かる一人として、留守部隊の訓練、食料、軍費の調達、戦傷者の病院設営など、戦争準備に忙しい日々を過ごしている。

玉蟲らがかつて会津に行ったことを耳にした大山・世良が、玉蟲と若生を呼び出し、罵倒する一幕もこのころあった。

「大山、世良の両参謀はかわるがわる、これに罵言嘲弄を加え、その方どもは奥羽の諸藩中にて、少しはわけのわかる者ゆえ、使者に使われたのであろうが、見下げ果てたものだ。その呆気にこそ、左様な者どもの主人も知れたものだ。

所詮奥羽には目鼻の明るい者は見当たらぬ。」（『仙台戊辰史』）

いや、会津にはミカドに楯突くつもりなど一切ないと玉蟲がるる説明したところ、激昂した世良が、「お前のような使者を出した慶邦も愚か者よ」と罵声を浴びせた。

このとき、玉蟲は歯をくいしばって耐えたものの、ハッキリ会津支持、反薩長を決意している。

さて、会津から関宿に現れたのは、二十六歳、気鋭の首席家老・梶原平馬ほか、主戦派だ。仙台は但木首席家老、但木たちと志を同じくする家老坂英力ほか。

会談前に但木らは、白石で米沢藩の代表と会談、容保の謹慎、領地削減、責任者の首を差し出すという条件で合意し、さらに、もし、薩長方の対応によっては「君側乃奸」である両藩と戦うことも約束している。

梶原は、但木らの三案の一つ、責任者の首を出すことに難色を示す。

伏見の戦争は前将軍が罪を一身に負い、謝罪し、朝廷も受け入れた。従ってわが藩になんの罪もなく、国に忠を尽くしたものの首を、どうしてさしだせようか。

但木が、「それなら取り次げない、この条件なくして受け入れてもらうはずもないゆえ。その場合、貴藩はどうされるのか。」と迫る。

梶原は「国中、死をもって守るのみ」と返答する。

但木が諫めた。わずかな責任者の命と国全員の命を換えるのは、利害があまりに違いすぎないか。

梶原には、恐らく薩長は認めず、わが藩をなにがなんでもつぶしにかかるであろうとの強い疑念がある。

しかし、会津を思ってくれての案を、主君容保は無下に斥けなさるまいと考え、両藩の案を飲み、容保に報告して、嘆願書を持参することを了承し、帰国した。

会津も揺れている。

首席家老の西郷頼母は、恭順の主張。

「会津同士千五百人」連名の投書が、容保のもとへ届いていて、恭順といえば、罪を認めることとなるとして「むしろ義をもってたおれましても不義をもって生きず、地下の鬼となって奸賊を誅殺し、後世の筆に待つにしかず」と。

そこへもってきて、京の政局には一切からんでいなかった庄内藩が、西郷らから「朝敵」にされ、秋田藩が「庄内処分」を命じられるという事態が起こる。

西郷隆盛のそそのかしにより、江戸市中を荒らした「御用盗」を取り締まるため、江戸市中取締役の庄内藩が、薩摩藩邸を襲撃したのがその理由だから、庄内藩としては私憤ではないか、言いがかりも甚だしい、と憤然とするわけで。

ここに、朝敵とされた会津・庄内同盟が結ばれ、伊達・米沢両藩を説得し、四藩同盟をむすび、他の奥羽諸藩を説得して西軍に立ち向かい、江戸城を本拠として君側の奸を清める構想が水面下で動きだす。

一方では、国境近くで、仙台藩と会津藩の小競り合いがあり、会津領内に攻め入った仙台軍を、白石からもどった但木が知り、先鋒隊長をいさめる一幕もあったりした。

会津・庄内同盟をひそかにすすめつつも、梶原が、嘆願書を持って国境の湯の原にあらわれる。

嘆願書は、但木らからいわれた通り、一、領地削減をする、二、容保が場外で謹慎する、三、首謀者の首級をさしだす、との三点で許しを請う中身。

恭順派の首席家老、西郷頼母が筆頭に名を連ねている。頼母が自ら起草、朝廷に対し、後ろ暗い考えなどみじんも持っていないこと、鎮撫使の東下を知ってがく然とし、宸襟を悩ませ奉ったことに恐れ入り、場外で謹慎閉居してお沙汰を待つので、「寛大のお沙汰」を下されるよう、おとりなしを、懇願たてまつる、というごくごく温順な文面であった。

但木は早々に奥羽諸藩に回状を送り、奥羽全体の意思で嘆願書を総督府に持参しようと急ぐ。

軍事局を受け持った玉蟲と若生は、但木に命じられ、回状作成を起草、白石城入りする諸藩重臣の迎えやら目のまわる忙しさ。

閏四月十一日、ついに開かれた奥羽列藩会議。

「仙台戊辰史」によれば集まった諸藩数、実に二十四藩の重臣三十三名。

ノオ！　といえない立場でやってきた小藩もあれば、勇み立ち、大軍をひきいて颯爽とあらわれた米沢藩主、上杉斉憲の姿もある。

仙台藩は藩主伊達慶邦を筆頭に、但木土佐、坂英力、玉蟲左太夫だ。

会津の嘆願書に、ゆるやかな処分をもとめる「会津藩寛典処分嘆願書」を付けて、一同、押印。

さらに諸藩連盟の嘆願書もつけて、鎮撫総督に提出することに決まる。

諸藩連盟嘆願書は、「春秋は農事の甚だ急務のときでありまして、民命に大いに関係いたします」ので、寛大の処分を望む、という趣旨の文面であった。

三通の嘆願書は、伊達・米沢両藩主が、閏四月十二日、じきじきに九条総督を訪ねて手渡し、会津に寛大な処置をと願った。九条は受けるつもりがあった。しかし、実は、彼はお飾りに過ぎず、事実上の決定権は下参謀の長州藩士・世良修蔵にあり、世良はにべもなく、「天地にいれべからざる罪人なので、降伏は許さぬ、各藩はすみやかに進撃、敵を屠殺すべし」と返事したのであった。

このころ、九条総督の近侍であった監察・戸田主水が、脱走、仙台藩に走る事件も起きている。戸田は、九条宛てに、これまでの度々の忠告を受け入れてもらえなかった憤懣を記した以下のような手紙を置いてきていた。

西軍の仙台藩への侮辱、婦女子への強かん、商人らへの恐喝など、その横暴ぶりに対して記し、「王師の兵はこぼむものを討ち、降るものは入れる」と云われているというのに、罪を謝した会津を許さずあくまで戦うというならそれは薩長の私闘ではないか。

また庄内藩を攻めるのもおかしい。薩摩藩邸に浮浪のやからが居ることで幕府の命により襲撃しただけではないか。どうか殿下は本来の目的に沿って、鎮撫の成功をとげてください、と。

あくまで会津攻めをし、開城、容保の首を取るとの世良の意思を知った但木は、閏四月十八日、白石本陣にいた玉蟲と養賢堂学頭の新井誼道《よしみち》を呼び出し、次のように語っている。

「会津の義は、哀訴したけれども、お取り受けなく、世良修蔵らは、いたずらに奥羽諸侯を侮蔑するのみならず、なんと九条総督までも慢罵するありさまをこの目でまざまざと見てしもうた。

まこと名のみ官軍であって、全くミカドのご意思ではなく、ニセ官軍に相違ないとわかった。これにより、東方から『真勤　王』の旗を掲げ、ニセ官軍を討ち払い、王政復古を東方から始めねばなるまい。」

自分たちへの横暴な態度にとどまらず、世良の九条総督に対する侮蔑ぶりを実際に目にしたことで、但木の態度は定まったといえる。

嘆願書を受け取った世良はいえば、憤激し、嘆願通りに許した場合は、一、二年のうちに奥羽は朝廷のためにならぬようになります。なにぶんにも、米沢・伊達の風潮は朝廷を軽んずる心底に見える。

「奥羽みな敵」と見て、逆撃の作戦をたてたいため、急きょ江戸へ行って西郷さまに奥羽の実情を話し、大阪へも行って「大挙、奥羽へ皇威を赫然輝かしたい」との手紙を、羽前に出張している大山参謀に届けようとしたものだ。

この手紙が、奥羽側の手中に入り、仙台藩士らの我慢の尾がついに切れて、妓楼にいた世良を捕え、阿武隈川原で殺害してしまう（閏四月十九日）。

ここに、仙台藩では、但木ら会津救解派が、完全に実権をにぎる。世良に一蹴された嘆願書に代わって「君側の奸」薩長をのぞくため太政官に提出する建白書を練るとともに、西軍に抗して立ちむかう「奥羽列藩同盟」盟約書を作成、諸藩が、署名捺印することとなった。（閏四月二十二日）

この建白書草案を作成したのが、玉蟲。師の大槻が少々手を加えたが。

そこでは、世良・大山下参謀が「酒食ニ荒淫、醜聞聞クニ堪ザル事件」を頻発しているとし、会津・庄内討伐は薩長の私怨によるもので、「虚名ヲ張り、詐謀ヲカザリ、陰ニ大権を盗ミ、暴動ヲ恣ニシ候国賊」の薩長は、「君側の奸」であるから「国賊追討」の綸旨をいただきたいと記している。

渡米中、正邪に敏感であり、京にあっては陰謀のさまざまを見てきた玉蟲の真骨頂ともいえる文であった。しかし、クーデター以後、操り人形にしか過ぎない少年ムツヒトに格別の「綸旨」など、出せるはずもなかった。

玉蟲作成の建白書を見て、これでは喧嘩を売っているようなものだ。草案を変えよと主張したのが、京から戻ってきたばかりの米沢藩の宮島誠一郎。

彼は、参与の長州・広沢真臣に会い、戦いを避け、会津は奥羽にまかせてほしいとの建白書を提出したらよいとアドバイスされていたのだった。

長州でも、広沢は木戸とちがう意見をもっていたわけだが、それは少数派であることに宮島は気づかなかったのだ。

温和に書き換えた建白書を、宮島は、京に持っていったものの何の役にも立たなかった。会津討伐こそ、日本掌握の絶対条件であると、西郷・大久保、木戸はシビアに考えていたわけで。

玉蟲案は、結局日の目を見なかった。しかし、建白書と同時に作成された盟約書も、また、玉蟲の手になっており、彼の思想が反映されている。

以下はその一部。

一　大義を天下に伸ぶるをもって目的とす。小節・細行に拘泥すべからざること。
二　同舟海を渉るごとく、信をもって居し、義をもって動くべきこと。
五　城堡《じょうほ》の築造、糧食の運搬は、やむを得ずといえども、濫りに百姓をして労役し愁苦にたえざらしむるなかれ。
六　大事件は列藩集議し、公平の旨に帰すべし。
八　無辜を殺戮するなかれ、金穀を略奪するなかれ、凡そ事不義に渉らば、厳刑を加うべき者也。

閏四月二十二日、白石の奥羽諸藩代表は、盟約書に署名。仙台に移動、五月三日修正をくわえた条文に再署名する。

五月六日、仙台藩が他藩を指揮するような方法は、他藩から反発を受け、玉蟲と若生が、他藩との折衝役である「軍務局議事応接頭取」に任命される。

五月八日、慶邦は藩内に以下のような布告を出す。

会津の謝罪を受け入れないのは、「姦徒」が、朝廷をあざむき、政権を盗み、「詐謀惨忍」とをもって「私を成し候に無疑候」ゆえ、列藩と盟約、大義を伸ばし、禍乱を除き、皇国を維持たてまつる所存だと。

これに奉行が添え書きし、会津に寛大の処置がないのは、薩長の私怨であるから「天下の公論」をもって処置すべきよう建言しているけれども、なにぶんにも南奥州に「姦徒」が迫っているので、「誅姦之義兵」をさしむけるのだ。

奥羽諸藩だけで目的を達せられるとおもっていない但木らは、非奥羽軍（旧幕府軍・諸外国）との協力も考え、玉蟲・若生ら策定の軍議書には、その旨が記されてもいる。

全国各藩へ使者を出して「公論」を聞き、越後・常陸・加賀・紀州、さらには西南諸藩とも手を結ぶことも考えられていた。

単に構想だけでなく、新発田藩へは、玉蟲と鈴木直記が米沢藩の使者とともに出向き、列藩同盟に参加させている。つまり「奥羽」から「奥羽越」へと発展したのだ。加賀藩へも仙台・米沢・会津・庄内各藩の使節派遣。

『幕末戊辰仙台藩の群像』では、次のような記述がある。

「仙台藩の使者は、玉蟲と新井常之進である。玉蟲は戦争中、奥羽と越後を駆けまわることになる。」

なお、新井は、のちにキリスト者となり、田中正造にも影響を与えた新井奥邃《おうすい》である。

しかし、東軍はいたるところで敗退、諸藩はつぎつぎ降伏、会津藩降伏（一八六八年九月二十二日）をもってほぼ終わる。

伊達藩の降伏は、その七日前。

がぜん、勢いを得た伊達藩の恭順派は、時こそ至れとばかり、列藩同盟派を逮捕。

首席奉行の但木土佐、軍事監督の坂英力は東京送りとなり、翌年、明治政府の命によって、麻布藩邸で処刑された。

さて、左太夫はどうなったか。

政府としては、但木、坂の処刑で、伊達藩への処置は終わったとし、他の処刑はもとめていない。しかし、恭順派は、玉蟲ら七人をも捕えた。

玉蟲は、藩の降伏後、榎本艦隊に乗船、蝦夷地で西軍と戦うつもりでいたところ、艦船の寄港を気仙沼で待つうち、捜索隊に追われ、逮捕された。

恭順派は、政府ももとめていないというのに、玉蟲ほか七人に切腹を命じる。

大槻巌渓への処刑は、さすがにはばかられたのであろう、家禄を没収、終身禁固の刑に。但し、彼を慕う牢医吏などが重病と偽って出獄させる。のち、出仕をすすめられたが、「亡国の臣、何の面目あって朝班に就くべき」と固辞し、野で一生を終る。

玉蟲は、捕らわれて護送されるさい、女婿にあてて一篇の詩を送っている。

時態の変遷は古今に同じ
たとえ有事あれどもあに関心あらんや
駆馳奔走なにをおもうて還らん
悠々独り琴を撫するにしかず

このときはまさか、処刑されるとまでは思っていなかったのではないだろうか。
享年四十六。
惜しい人物が、消えていってしまった。合掌。

〔追記〕

＊二〇一九年四月『河北新報』に、宮城県川崎町の乳井昭道さんが、「開明的仙台藩士　玉虫《ママ》しのぶ」という文を投稿している（二〇一九年四月二十四日、東京新聞に転載）。

「九日は、幕末の仙台藩士玉虫左太夫の百五十年忌でした。玉虫は河北新報でも何度か取り上げられています。一八六〇年、日米修好条約締結批准交換のため徳川幕府が米国に派遣した七十七人の一人でした。

優れた記録者としての能力を買われ、仙台藩から選ばれた唯一のメンバーです。脱藩歴があるにもかかわらず、藩公が金一封を与えて送り出したという逸話が残っています。

米国軍艦ポーハタン号での渡米でした。船中で艦長が一水夫の死に涙を流すのを見て、玉虫は『礼の国日本、情の国アメリカ』と評しています。米国の民主主義に感銘。帰国後に仙台藩校の養賢堂で教壇に立ちました。

教え子の中には後に自由民権運動で活躍し、『私擬五日市憲法草案』を起草した千葉卓三郎（宮城県栗原町）がいました。

戊辰戦争では、奥羽越列藩同盟を成立させた立役者の一人であったが故に、敗北後の一八六九年四月九日、切腹しました。日本のあるべき姿を見据え、民主主義と共和制で臨むべきだと考えた英傑でした。（後略）」

乳井さんは、彼の墓前（仙台市若林区・保春院）で、「あなたの考えた日本は死後七十六年後に実現しましたよ」とつぶやいたと記しているが、あまたの避難民を「復興した」と称して、むりやり放射能がなお漂う地に追いやろうとしている連中が国の中心にでんと坐っている昨今、私にはむしろ玉蟲が地下で切歯扼腕しているように思えてならない。

なお、拙著『オサヒト覚え書き』を上梓して頂いた一葉社の和田悌二さんは、高校時代、天皇家の年号使用に友人たちと抵抗した時、一人だけ、味方してくれた年配の教師がいて、その教師が、玉蟲左太夫をさかんに称賛していたと、なつかしげに語っている。

玉峯上人　愧じて憤死す

慶応四年（一八六八）三月、鳥羽・伏見の合戦に勝った朝廷政権によって、神仏分離令が出され、寺院・仏具・経文などの破壊運動が起きる。世にいう廃仏毀釈運動だが、徳川幕府による仏教優遇政策により腐敗していた僧侶たちは、ごく一部の抵抗をのぞいては、あっけなく還俗の命令にもしたがっており、いざこざは少なかった。

そのようななかにあって、兵庫の小さな村の一寺の住職が、命令に抗議、憤死している。

兵庫県川辺郡西長谷村（当時）普光寺住職、玉峯上人《たまみねしょうにん》がそのひと。かつて彼の弟子であった、和歌山県日高郡衣奈村西教寺住職の藤田真龍は、玉峯のひとがら、当時のいきさつを、手記にしたため、弟子の増山順信に話をしていた。大正十五年（一九二六）、順信は、神仏分離史料の出版がなされることを知って、この事績を後世に伝えたく、八十三歳になっていた真龍の許諾をえて、その手記を編纂者の鷲尾順敬に提出した。

かくして『神仏分離史料』に載った、その手記を読み、玉峯の人がらが、なつかしく思えたので、手記をあらかた口訳するかたちで、以下に紹介したい。

＊

明治三年（一八七〇）二月上旬、川辺郡西長谷村庄屋のもとから、神祇官《じんぎかん》のところへ出頭するようにとの達しが、玉峯のところへ届いた。

当時は、神祇官が僧侶を呼び出すということは、あたかも検事が罪人を呼び出すごときであったため、何事だろうと思案し、本山の出張所へ問い合わせても、さっぱりわからない。

やむなく翌日、神祇官へ出頭してみると、だれも居らず、しばらくすると、ねずみ色の木綿衣を着た僧侶がやってきて、それが雲照律師であった。

初対面の挨拶をし、役人に問うと、「今日はご両人だけです」とのこと。

やがて四名の「立派な人」があらわれ、続いて十人ばかり出てきたが、これは傍聴人であった。

四名の一人が、雲照と玉峯の名を呼び、まず雲照に問うた。

「仏教では外国の仏を本地と称して、皇国の神霊を垂跡と名づけておる。その神仏本地垂迹について試問したい。心得がちがうと大変なことになるぞ。いかに心得るか」

「さあ、そう唐突に仰せられても……」

「一口に弁じてみせよ」

雲照はやむなく後でごたごたせぬように、述べたことは書面に残しておいてほしいと主張、書記が用意してあるので大丈夫、と言われたので、本地垂跡説について、ごく大雑把に説明した。

仏教には四句分別という釈目があり、四句とは、神を本地とし、仏を垂跡とする段、仏を本地とし、神を垂跡とする段、仏に本地あり垂跡ありとする段、神に本地あり垂跡ありとする段である。

「そのおのおのについて申しましょう」と、説いているうちに冬の短い日は暮れ、ランプもないときであったから、「今日はここまで。玉峯への試問は明日おこなう」と、その日は終了した。

二人は同宿で、玉峯は「今日は珍無類なとっさの四句分別、まことに妙、奇でありましたよ」と感嘆。

雲照は、「なに、あのものらはとても本地垂跡などわかる耳は持っておりませぬ。しかも一口で述べよとの注文ゆえ、とつおいつ考え、あんなことを申しました。

もし、無色無形の神はだれの子か、だれがどこで生んだか、などと問うてきたら、高天原の隣で生まれた天御中主神と同日でした、などとでも言うてやろうか、と思っておりました。ではごめんください」と寝てしまった。

翌日、両人はまた出頭。

今日は普光寺玉峯への試問だといい、机上に古事記を載せてある。

主として、四名のうち、紀州の熊代繁里が問うた。

稗田阿礼、舎人親王、太安万侶の事績などなど、次つぎに問う。時には議論となり、玉峯は契沖の解釈を取っているので、議論が分かれるのはやむを得なかろうと、聞いている三名のだれかが仲裁する。

聞いている雲照には、講話のようにもおもえ、種々の説があるということで、試問は終わった。

「普光寺は僧侶にしてはよく調べておる。神妙なことだ。」とほめ、雲照にはもう試問することはないとのことであった。

昼の弁当を出すといわれたが、用意してきているからけっこうだと断わり、自分たちだけが部屋にのこって、梅干入りの弁当を食べ、退席した。

そのさい、雲照はもうよい、玉峯は御用がまだあり、明日呼び出すので、心得ておくように、といわれる。雲照は帰村、玉峯だけのこった。

翌早朝、四つどき（午前十時）に出頭せよとの命令書を神祇官の使いが玉峯のところへ持ってくる。

出頭してみると、昨日の試験官とは別の神官が二名いて、「だれについて神典を学んだか」と玉峯に尋ねた。

「だれについたわけでもありませんが、大坂の円珠庵契沖上人の遺書について、おろおろ学びました。万葉については、代匠記など、その他多くは写本です」

「ふむ、国学に造詣が深いのは神妙なことだ。

国学に長じたるによって、今から還俗を申しつけ、姓名を滝山斎《いつき》といたすから、さよう心得よ。では、速やかに請け書を出せ」

こういうとたちまち、筆硯と用紙が出てくる。

いやだといえば、すぐ首が飛ぶ時代、まして僧侶の首は格別飛びやすい。

還俗の請け書と姓名の請け書をただちに書くよう、重ねてうながされ、やむなく玉峯は筆を取って書こうとしたが、手がふるえて書けない。

ただ、落涙しきり。

したが、心中におもうよう、（法滅がきわまった今日この時、どうしておどろくことがあろうか、大声で泣いてなんとする）強いて心をおちつけ、心ならずも請け書を書いたのであった。

すると、次に長大な箱がはこばれてきた。

箱には、神主用の烏帽子と直垂が入っていて、それを玉峯に授ける。

奥から役人が出てきて、「神典の講師を申し付ける」との辞令をわたし、ようやく退席できた。

だが、まだ帰村は許されない。

七日に一度、あるいは十日に一度の講釈をさせられ、二ヶ月後に、病気だと申し出て、やっと休暇をもらって帰ることができた。

村に帰ってからの玉峯は、あまり寺にはおらず、念仏者を集め、念仏講をもよおし、寝食をともにして、そこでは無常迅速をよく語ったという。

衣奈村西教寺にいる玉峯の弟子、真龍にあてて封書がとどいたのは、それからほどなくであったろう。

湯浅町の飛脚から行商のものに託して、とどいた封書を、真龍が開いてみると、手紙ははいっていなくて、ただ巻紙三寸ほどに、達筆な筆で、偈頌《げじゅ》が記してあっただけであった。

法燈将滅誰能挑　　但奈時来油尽消

請看闇浮何処熾　　西天東震已蕭條

二読三読してみてもわからない。

親しくしていて、学がある高橋周斎という医師に見せ、その意を尋ねてみたが、彼も「さっぱり分かりませぬなあ。かねて慷慨のお方ゆえ、憂いきわまってこのような詩を寄こされたのではありませんか」という。

気にはなったものの、ちょうど、真龍の母が重態になっており、そのままにしておいたところ、翌日、正午ごろ、赤紙付きの封書を湯浅町の飛脚が、別便でとどけてきた。

開いてみれば、なんと、法院さま、玉峯上人が、たった今死去したとの西長谷村庄屋からの訃報であった。

七月十七日のことであった。

すぐ高橋医師にも知らせると、おどろいてやってきた。

「あなたはご母堂が重い病ゆえ、行かれますまい。今、わたしのところには伯父が来ており、名医ゆえ、あなたのご母堂の看病は伯父にまかせて、わたしが名代を兼ねてまいりましょう。葬式には間に合わぬかもしれませぬが」

こういうと、ただちに草鞋がけで、夕刻近くに発っていった。

急いでも遠方ゆえ、途中三泊して、四日目の朝十時ごろ、西長谷村に着いたのであった。

葬式は一昨日に終っていた。

庄屋がいうには、

「念仏講のところで休まれていて、朝、行ってみたら、まだ息はあったものの、もう何もわからない状態になられておられました。

大変だ、と皆に呼びかけてかつぎだして、お寺へ運び、医者先生にも来ていただいたが、無理で。隣村の法類にも知らせ、法中も集まったが、どうしたことか、体温も冷めねば、顔色も生きていられるようで。これでは葬式は出せねえと、お上人さまを囲みながら、式を出来なんでおりました。

一昨日の昼、ようよう死人の顔になられたため、すぐ葬式をいたしました。

だれかれとなく、変死じゃねえかい、と言いまして、葬式をすませたあと、お上人さまの机の引き出しを抜いてみたら、モルヒネの小瓶があって、少量残っておりました。

医者先生が「ああ、これだ、これだ、これで逝かれただなあ」といわれ、死因がわかったようなわけで。」

高橋医師が帰村してからの報告に、真龍は偈頌の意味が雷光に照らされたようにはっとわかり、（おう、そうか、師は神祇官の無法に憤死されたのだ）と納得したのだった。

もう、この世におられぬかとおもえば、少年時、お世話になった師のことが、なつかしく思い出されてくる。

もともと玉峯は、中山駅中山寺の、とある坊を出て、弟子一人連れ、川辺郡小原野村宝山寺に移り住んでいた。

その隣村の西長谷村の普光寺には、周囲から鼻つまみの僧侶がいた。酒乱で、乱行多く、檀家が、寺の池に放った鯉までも、夜中に竹槍で突いてつかまえ、酒の肴にしたり、賭博にこって、借金がふくれあがり、寺禄の田地が一町余あったのも借金のかたに貸主にとられてしまうありさま。

某女性とのあいだにできた子どもを育てきれずに某未亡人にあずけたものの、その未亡人とのあいだにまた、子どもを作ってしまい、にっちもさっちもならなくなっていた。

玉峯は、隣村の寺の荒涼ぶりを見るに見かね、弟子に宝山寺をゆずり、借財一切を引き受けるかわり、寺をたちのくよう、乱行の僧侶と話をつけ、荒れ果てた普光寺の住職となったのであった。

借財のかたになっていた寺領を買いもどし、一年間、小作田にして、小作米を取った。

二年目に、村会をひらいて、次のように挨拶する。

「会をひらいてもろうたは、住職からお頼みがあります。この寺の田地はおよそ一町何反、それを村内の田地をもっていない方々に分けて小作米なしで作ってもらい、そのうち一反何畝だけは、その方々に無賃で作っていただけば、住職がお茶もお菓子もいただけます。さようにして、田地をもたない方々に、平等に、不足なく、分けていただきたい。」

村人は驚くばかり、喜んで、承知した。

だれもが、「今度のお上人さまは、お大師さまの生まれ変わりだあな」と言い言いした。

一方、檀家で、結核のため家族全員死に絶えた家があった。だれも継ぐものがない。玉峯は、少々の金を投じ、その廃屋で念仏講をおこなうことにした。

ほかにも、在所在所に念仏講をひらき、有志を集めて法話をおこない、念仏する。もっともと心に染みとおる法話なので、村人たちは誰も彼も聞きに出かける。

戒律は守られ、本堂では礼拝のみで読経せず、明け暮れ、内仏殿で玉峯は自ら書写した阿弥陀経を読み、行住坐臥、仏の名号をとなえ、そのほかにも別時念仏といって五千の念仏を誦する。念仏講のさいも、ひとびと共に、別時念仏であった。

藤田真龍が玉峯のもとへ弟子入りしたのは、十七歳。安政七年（一八六〇）二月で、玉峯は、五十歳あるいは五十一歳であったろう。

当時、五十三歳で病身だった真龍の父が、日ごろ、よく診てもらっていた先述の医師、高橋周斎から、玉峯についてさまざま聞くなかで、この人こそわが子を訓育してくれるひとだ、と思いきめたゆえであった。

高橋周斎は、熊野新宮土佐守藩士の子であったが、幼少から医師を志し、長崎におもむき、蘭学者の名医、吉雄耕斎に師事する。帰国後は、あちこちで開業、腕はよいが、かなりの放蕩者でもあった。

ある夏の夜、周斎が往診中、相撲取りの悪者が、高橋の家に押し入り、妻を犯す。帰宅した高橋に妻が、「この人にやられました」と訴え、大立ち回りになった。

相撲取りが、「オレをだれだと思う、沖見山だぞう」と粋がるのに、周斎は「ウヌ、ここが肝臓だっ」と、一気に相手を刺し殺してしまっている。

さような乱暴者であったところが、西長谷村で開業して玉峰の法話を耳にしてから、人が変わったように、真摯な仏教徒になってしまった。

その変わりようを目にし、周斎本人から玉峯の話を聞くなかで、ついに、真龍の父は、はるばる真龍を連れて、玉峯のもとへおもむいたわけであった。

父は玉峯に言う。

「何せ私は病身ゆえ、十二歳でこの子を得度させ、十四歳で住職の名義をもたせ、私が後見人のかたちでやってまいりました。本山の学校へ入れたものの、なにぶん田舎生まれの少年にて、このままでは心もとない、目鼻もつきませせぬ。高橋周斎氏より、師の高徳をうけたまわり、ついにまかり出た次第でございます」

「おう、それは長い道程を弱いお体で、ようもここまで。したが、その若者をお預かり申したところで、とてもお頼みに報い申すとは思えませぬ」

こう首を振りながら、真龍に問うてくる。

「住職の名義も相続なさったとあれば、正信偈《しょうしんげ》の点読はできますかな」

示された教行信証偈《きょうぎょうしんしょうげ》を真龍が、スラスラと点読、次に文言の解釈について質問され、むつかしい問いもあって、さすが震えてくるのを見て「よろしい、よろしい」と頷く目がやさしかった。

周斎が、再度しみじみと頼み、じっと考えていた玉峯は、

「病体を強いてここまでおいでなさったゆえ、しばらく置いてみましょうか。わざわざのおいでに報いることは、不徳な私ではできますまいが……」

ようやく、やっと置いてもらえることになったのであった。

「お父上は三日経ったら帰られるが、我慢できるかな」と聞かれ、「父さまが帰られても、法印さまがおられるから、平気です」と言ったのは、おべんちゃらではなく、師のやさしい目にすっかり安堵していたからであった。

「これからは、西教さん、と呼んでください」

と言われ、玉峰のもとでの真龍の修行生活がはじまった。

とりわけ、真龍の記憶にのこっていることがある。

十八歳の秋であった。

前々日から、不空三蔵伝についてと、四曼荼羅の説ほかの質問が出ていて、答えを書かなくてはいけない。寺では、勉強に来る小僧たちや、有志の僧侶たちの集いで、集中できないため、ある一軒家の庵にこもって、答えを書いていた。

夜中、一心に調べ物をしていると、ホトホト庵をたたくものがいるような気もしたが、風の音だろうと気に留めずにいた。ところが、また叩くので、「どなたですか」と大声で尋ねると、「私だよ」と師の声。

おどろいて丸窓を開けると、

「明日は村祭りのため、上畑の庄屋さまが、かき餅をもってきてくれた。夕飯後だったので、一個食べてみたが、なかなかどうして上等なかき餅での。もう眠っているかとも思うたが、一軒家で淋しかろうと、一つ持ってきたよ。食べてみなさい」

庵は、寺から四町ほど離れている。しかも、暗い夜には歩きにくい柴道。

師の親切がうれしく、餅のうまさより師の心がありがたく、しかもその師を戸外に立たせてしまった申しわけなさ。あれこれ思って、一睡もできなかった真龍であった。

松風の　たたくとおもふて　窓の外に　長くも師をば　立たせけるかな
一首詠んで、翌朝、師の机上にそっと置いたのであった。

手記によると、玉峯は、また、なかなかの風流人でもあったようだ。

道楽には、寺から四、五町のところに、一畝ばかりの土地を借り、柴を刈って、梅の木、二、三株を植えた。

モクセイ、草ハギなどを植え、中に小さな家を立てた。

「蘇東坡先生に倣っているのだよ」と笑い、家の真ん中に円形の炉を置き、その傍らの半分は床、半分は棚、床の下に炭入れを置いた。

宋代第一の詩人といわれる蘇東坡（蘇軾）は、杭州ほかの知事となり、政治家としても活躍したものの、生来の硬骨がわざわいし、投獄されたり、流刑にあったりしている。

玉峯は、蘇東坡が恵州で詠んだ、レイシを食う詩など、ことのほか、気に入り、詠じたのではなかろうか。

羅浮山下四時春
盧橘楊梅次第新
日啖茘枝三百顆
不妨長作嶺南人

（羅浮山の下は　四時春のようだ

金柑も山ももも　日ごと新たに
日に茘枝《れいし》を口にふくむこと　三百粒
長く嶺南の人となることも　またよかろう）

流刑の地で、（いいところだよ、この地も。ずうっとここの人になってもいいさ）という詩を作ってしまう蘇東坡の詩魂を、小村の寺に在って、玉峯は敬慕したのだろう。

庭にはもともと廃れた泉があったのを工夫して湧き出させ、なかなか水質もよかった。

柴の門を作り、西隠居と記した額が掛かっているのは、某貴族がお忍びで、遊びに来たとき、贈ってくれたものであった。

庭に、磁器の椅子を三脚置いてあり、来客用で、なぜなら家はせまいので一人しか中には入れず、一人は外の椅子で待つわけであった。

玉峯は、また、一弦琴を弾いた。

「便り舟」という謡をつくり、そのなかに「なに波のあしわけ舟にあらねばぞ　便りなき身の便り舟」などという句があったのを、真龍は覚えている。

京の某貴族に仕えている女房にたのんで、譜も作ってあり、折々に爪弾くのであった。

小さな家の席には、「老僧半間雲半間」との額がかかっていた。風流の友も多かったようだ。

遺書がわりに真龍のもとへ送ってきた偈頌の真意は、どのようなものであったろうか。

試みに次のように解いてみる。

法灯は　まさに絶えようとしています
だれがよくそれに抵抗できるでしょうか

奈落の時が来て　灯にそそぐ油は尽き　灯は消えようとしています

教えてください　えんぶ樹が茂る　仏教のさかんな島はどこにあるのでしょうか

仏がいます西の空は東の権力者の威勢により　細々と淋しい有様ではありませんか

神祇官の圧力に屈して、還俗を諾い、神主姿で神道の講義をおこなった、おのれの不甲斐なさが、玉峯には何より応えたにちがいない。

(所詮、蘇東坡先生の足元にもおよばなんだ、わたしであったよ!)とおのれを責める悲哀が、偈頌のなかから滲みでている気がする。

真龍は、玉峯の自死を「憤死」と記しているが、玉峯の憤りはだれより自分に向かっていたのではなかろうか。

若松賤子 『小公子』を訳した会津の矜持

1

『メルヘン館はハーブの香り』（音羽出版）の著者阿倍登志子さんから若松賤子《わかまつしずこ》訳『小公子』の復刻版（前篇）をいただいた。

表紙は可憐なマーガレット風の紅色の花が小公子のタイトルを囲み、上部にLITTRE LORD FAUNTLEROYとの原題。次の頁には、由緒ありげな部屋で、どう猛そうな犬を従えた愛らしい少年と椅子に腰かける老人が相対している絵。原本の絵をそのまま使ったようだ。次に賤子の自序と続く。

自序の終わりに、賤子は「私は深く幼子を愛し、其恩を思ふ者で、殊に共々に珍重す可き此客人を尚一層優待いたし度切に希望いたし升。夫故幼稚園、小学校などの設けは、私の心にとっていとも尊く、悦ばしい者です。夫已ならず、近来少年文学の類がボツボツ世に見える様になって来升が、これも真心より感謝して居り升。それ故、只今譯して此小さき本の前篇を出し升のも、一つには、自分が幼子を愛するの愛を記念し、聊か亦ホームの恩人に対する負債を償ふ端に致し度のみです。」と記している。

それからいよいよ『小公子』の物語が始まるのだが、

最初から、ああ、懐かしい独特の文体。

「セドリックには、誰も云ふて聞かせる人が有ませんかったから、何も知らないでゐたのでした。おとつさんは、イギリス人だったと云ふこと丈は、おつかさんに聞いて、知ってゐましたが、おとつさんが、おかくれになったのも、極く少さいうちの事でしたから、よく覚えてゐませんで、ただ大きな人で、眼が浅黄色で、頬髯が長くって、時々肩へ乗せて、座敷中を連れ廻られたことの面白さ丈しか、ハッキリとは記臆てゐませんでした。」

そう、子ども心にもこの文体にまず魅せられ、次にその内容の面白さ、すがすがしさに何度も何度も読み返したものだった。

ひとを疑うことなど全く知らない、金髪で巻き毛のセドリック少年が、なんと愛らしくも勇敢に思えたことか。母のエロル婦人のなんと高潔で凛としていたことか。祖父の侯爵、ヂックやホッブス、ハヴィシャム氏、召使のメレ、一人一人がなんと生き生きと描かれていたことか。

古い伝統のイギリス、独立からいくらも経っていないアメリカの庶民性。なにもかも初めて知ることで、興深かった。


夫の巌本善治が巻末に記した「後序」を読むと、二十六歳のときに賤子は、『リトル・ロード・フォントルロイ』の翻訳を始めている。病気がちで「年中夜具を敷きづめで、大祭祝日の外は、床上げも致ませんから、子供等はソレを常の事に思って居ました」という状態のなかで、それでも執筆時には起き上がり、スラスラと楽に書き上げたとのこと。

寝言も英語で言ったという賤子ながら、まだ一般的でない原文一致体での適切な訳語を求めて苦心したらしい。

善治は「女が半襟のうつりを考へて、アレかコレかと思案する様に、又時々箪笥からソット着物を出して見て、独りで楽しむ様に、色々の訳語を思出しては見て居ります」と賤子が語ったのを聞いている。

賤子は、会津藩士嶋田勝次郎の長女。元治元年（一八六四）甲子の年に、阿弥陀町に生まれ、本名は甲子《かし》と言った。

善治の「後序」は、賤子の「葬式は公にせず、伝記は書かず、墓にはただ賤子と銘してほしい」との遺言に則して、はなはだ簡単なので、もう少し知りたくなる。

これだけの名訳ほかの業績がある女性であれば、さまざまな伝記も出ているにちがいないと思い、インターネットで検索。

名古屋の女性、一九三四年生まれの山口玲子が、丹念に調べて書いた本、『とくと我を見たまえ―若松賤子の生涯』（新潮社・一九八〇年刊）があると知り、地元の葛飾図書館で早速借り出す。

私とほぼ同世代の山口玲子は、ろくに本が手に入らなかった少女時代に賤子訳の『小公子』のとりこになった一人であったのか、賤子に肩入れして、それは実に丁寧に調べあげている。有り難い有り難い、と感謝してしまう。

以下、同書からわかったこと。

四歳の賤子は、会津城が包囲された修羅場に身重の母と逃げまどっていたのだった。

父の勝次郎は、藩主松平容保が京都守護職として京都入りしたとき、京都詰めを命じられ、「公用人」の役職のもと各藩の動静をさぐる隠密の役を担っていた。容保が会津に戻ってからは、江戸での薩長方の探索をしていたらしい。名も「島田」と変えており、軽輩ゆえか隠密任務のためか、会津側に勝次郎は記録されておらず、賤子の長男の巌本荘民（ヴァイオリニスト巌本真理の父）が叔母のみや（賤子の妹、賤子の死後、荘民たちを育てた）から聞いた話とのこと。

会津にもどってきた勝次郎は、祖父（松川栄亀）とともに城内に籠城、降伏後は監禁所から抜け出し、榎本武揚ひきいる函館・五稜郭の戦争に参加。敗戦後、旧会津藩に与えられた、さいはての地、斗南藩へおもむいたかどうかは不明だ。勝次郎と同じく籠城していた祖父は、釈放後、祖母とともに斗南へ移住したことはわかっている。

斗南の惨苦は、石光真清編著『ある明治人の記録』中の柴五郎の遺書につまびらかだ。

「当初民家に間借りせる人々も、家賃の払いに窮し、次第に斗南ガ丘その他の原野に三、四坪の掘立小屋を建てつらね、開墾を始むることとなれり。（略）用水は二丁ばかり離れたる田辺川より汲むほかなし。冬季は川面に井戸のごとく氷の穴を掘りて汲み上げ、父上、兄嫁、余と三人かわるがわる手桶を背負えるも途中にて氷となり溶かすに苦労せり。（略）
冬は山野の蕨の根をあつめて砕き、水にさらしていくたびもすすぐうち、水の底に澱粉沈むなり。これに米糠をまぜ塩を加え団子となし、串にさし火に焙りて食う。不味なり。少しにても砂糖あらば……など語る。
この冬、餓死、凍死を免るるが精一杯なり。栄養不足のため痩せ衰え、脚気の傾向あり。寒さひとしお骨を噛む。」

それでも柴一家は、父、兄嫁、少年の五郎と働き手が三人。祖父母だけの暮らしはさぞかしと思いやられる。おそらく、五郎の父のように「会津の武士ども餓死して果てたるよと、薩長の下郎どもに笑はるるは、のちの世までの恥辱なり。ここは戦場なるぞ。会津の国辱雪ぐまでは戦場なるぞ」と歯を食いしばり、耐えたのであろう。

一方、幼い賤子の手を引いて市街戦を逃れ、逃げまどいつつ、出産した賤子の母。ともに逃げていた姑の介添えがあったにせよ、避難しながらの出産の大変さはいかばかりであったことか。なにしろ賤子の家は、東北から攻めてくる西軍の進路にあたり、真っ先に襲撃を受けたところだったのだ。

「母と私達が城下を逃れて、宮まで来たとき、妹が生まれたことをかすかに覚えています。それから、のろい乗り物で、はるか五百マイル以上先まで行きましたが、ふり返ると一面火の海となって戦闘が続いていていました。」

三十歳になった賤子が、英文でまとめた「会津城包囲」の一節。

妹の名、「みや」はこうして付いた。

先述の柴家では、男子は籠城、女子は「敵」侵入とともに七歳の妹まで全員自害と決まり、十歳の五郎だけが柴家を絶やさないため、大叔母の山荘に泊りに行かされる（本人は知らず、ただ遊びに行くと思っていた）。

一八六八年八月二十三日早朝、山荘を降りて行くと避難民が大雨のなか、街道を埋めてやってくるのに会う。

「老いたる者の腕をかかえ、幼き者、病める者を背負いたるもの、槍、薙刀を小脇にとれる婦人、なかには婦人にして三、四振の大刀を腰にたばさみたるもの、いずれも跣足のままにて、傘などもちろんのこと、笠も雨具もなく、豪雨の水煙のなかよりぞくぞくと続きて絶ゆることなし。かかる有様よりすれば薩軍は不意打ちをなせるものならん。」

群衆は大川の渡し場に殺到するが、豪雨のため濁流急で渡れない。

「このとき沿岸の農民警鐘を乱打し、蓑笠姿にて続々と馳せきたって小舟を集め、避難の群衆を対岸に渡す。舟すくなくしてはかどらず、河畔にむらがる者幾千なりや計りがたし。武家の子女は白布を頭に巻きて薙刀を杖つき、藩校の学生にして十二、三歳の者は双刀を佩び、雨中に立ちて朝より夜に至るまで難民を警護して動かず、満身雨水に濡れて淋漓たり。小舟をあやつる農民また必死の形相して、濁流を往来し、疲労困憊すれど休まず、ちかづく猛火に照らされて仁王のごとく、阿修羅に似たり。砲声耳を聾し、火勢肌を焼くがごときも、救援の農民去らず夜を徹して奉仕す。転覆溺死せるものきわめてまれなりと言う。」

五郎は、なんとかして城下の生家に戻ろうとするが、黒煙のあいだにわずかに天守閣と櫓の白壁が見えるのみで、わが家とおぼしきあたりは火の海。さながら紅蓮の大波を見るごとくで、とても近づくことはできなかった。やむなく山荘にもどるしかなく、また、避難民の群れにもまれながら、ぬかるみ道をもどっていく。

「周囲の人々、呼吸のみ荒く言葉なし。手をひかれ危うき足取りの小児ら泥にまみれて人相もさだかならず、声あげて泣くものもなし。生きてはおれど人心地なき亡霊の群れなり。」

泥にまみれて人相もさだかでない子どもたち。そのような避難民の群れに混じって賤子たちもまた、必死に逃れ続けたのであろう。その上に避難途上での出産。想像するだけでせつない。

次のことがわかっている。

一年後、母、死す。享年二十八。会津へもどって死んだのか、あるいは斗南藩に向う途上死んだのか、夫には会えたのか、会えないまま死んでいったのか、何一つわからない。それどころか名すら定かでないのである。

のちに祖母は語ったという。賤子の母は、時報の鐘を聴いてもおそろしい場面が蘇り、ふるえが止まらなかったと。細った神経に襲いかかってくる窮乏。

山口玲子は「賤子の母は、この二年間、あの不意打ちの市街戦以来、逃げる途中の出産、山間の避難行と、戦乱の無法地帯、荒廃窮乏、追放、赦免という名の北遷と、異常な事態の続くなかで、遂に息絶えたのだった。」と記している。

幼子と乳飲み子を残しての死。さぞ生きたかったろう。賤子の母の死は無惨だ。

ふと、日本敗戦後、日本軍に遺棄され、中国の難民収容所で飢えのため死んでいった日本のひとびとを思いだす。国策によって「満州」行きをすすめられ、いったん敗戦となるや、軍に遺棄されてしまった民衆。国は民を利用しこそすれ、守りはしない。

そして中国に侵略し、その土地を奪い、情け容赦なく中国民衆を殺し、強かんした大日本帝国を動かしたものたちは、かつて会津に攻め入った「官軍」の末裔であった。すでに会津で、その「官軍」は、どう振舞ったか、柴五郎は痛嘆している。

「城下にありし百姓、町人、何の科なきにかかわらず、家を焼かれ、財を奪われ、強殺強姦の憂目をみたること、痛恨の極みなり。」

他民族への侵略の前に同じ日本民族への非道な行為があったのだった。

敗戦後の中国で母を失った詩人、入江昭三のことを思い出す。

紫色の海のかなた
薄桃色の雲のかなた
再び戻ることのない時空のかなた

顕ち来るは
母の墓標
湖北の荒野

——「岬」部分

末期ガンと知らされてから、母と妹の終焉の地の武漢をはるばる訪ねた入江。生前に逢えなかった彼のことが急に懐かしくなって、頂いた詩書画集『母子炎上』を取り出してみると、諫早生まれの彼が会津戦争の詩を書いているではないか。

戸の口原

入江昭三

夜露が少年の頬を打った
下弦の月が
西の山の端にかかっていた
うつつに母の声を聞いた
と少年は思った
うっすら開けた顔に
母の顔が迫っていた

傷が痛んだ
母が少年を抱き起した
襷がけの矢絣の袖は
ずたずたに裂けて朱に染まっていた
少年は母の肩にすがり
よろめく足を踏み出した

娘軍は？
わが白虎隊はいずこへ去った？

うわごとのような少年の問いにも
飯盛山からは遠く
若松城からはさらに遠く
母は黙々と辿りつづけた

やがて森の極みの木樵小屋の前で
力尽き母は倒れた

槍に抉られた脇腹から
尺余の腸がはみ出ていた

そのかたわらで
失血しつくし
飢え干乾び
翌年の
雪消の時に見出されるまで
少年の眼は
振りそそぐ星屑を映していた

会津の戦乱でわが子をかばいつつ、力尽きて倒れた一人の母と、中国の難民収容所で命尽きた自分の母の姿が、入江のなかで重ね合せになり生まれた詩にちがいない。

賤子の母もまた、逃避行のなかでの出産に力を使い果し、城下へ不意に侵入してきた「官軍」の恐ろしい記憶に怯えつつ、飢えのなか、はかなくなっていったのであろう。

さて乳飲み子と五歳の賤子を遺された祖母が、東京へ護送された祖父の釈放と共に、さいはての斗南へ向かったことはわかっている。

赤ん坊のみやは、親戚に預けられる（明治五年、旧会津藩士の娘希《き》いと再婚した勝次郎は、やがてみやを引き取り、明治八年には賤子にとって異母弟の一が生まれた）。

賤子は、どうなったのか。

空白の時間のあと、突然、横浜元町に、豪商、山城屋和助の番頭、大川甚兵衛の養女となった賤子がいる。

山城屋和助は元の名は野村三千三、家業の漢方医をきらって高杉晋作の奇兵隊に入り、長州の隠密として町芸人に姿を変え、戊辰戦争時には山県有朋配下の奇兵隊五番小隊長として活躍。明治になってからは、近衛都督となった山県牛耳る陸軍の御用商人として羽振りよかった。

山口玲子の推理では、同じく隠密として長州に忍びこんだこともある勝次郎とは、敵同士ながらともに隠密として相知る仲、そこから勝次郎が、和助の片腕としてはたらく甚兵衛に賤子を託すことにしたのでは？　と。

また、山口は、「のちにできあがった物語」として、相馬黒光の一文をあげている。『明治初期の三女性―湘煙・賤子・紫琴』（厚生閣・昭和十五）その書物で、黒光は甚兵衛と賤子の関係について、次のように記している。

「……人の縁は妙なもので、会津家中の子供としてはちょっと意外な貰い手があらはれました。それには又一つの哀れを催すはなしがあります。

当時外人との貿易が開始されて、所謂開港場の素晴らしい活気の中にある横浜の織物商山城屋（野村）の番頭に、大川甚兵衛といふ人がありました。この人が商用で会津地方に旅し、一夜福島で遊興の結果、ようよう遊女たちがあはれであったのか、剛腹にも三人一度に落籍し、めいめい家に帰って身の振り方を考へ、自由に幸福に暮らせよといって解放してやりました。

その時、遊女のうちの二人は甚兵衛の侠気に感激して、堅気の身となることを誓ひ、それぞれ身寄りを頼って引き揚げましたが、中におろくという女は帰るに家なく、又身を寄せるゆかりもないといふことで、『もしお邪魔にならぬならば、お傍において身のまはりの世話でもさせていただきたい』と頼みこみました。もともと甚兵衛はそんな気があってしたことではなく、持ち前の侠気から飛んだ荷物を背負い込んだものと思はれますが、とにかく横浜に連れ帰り、一家を構へて世話し、事実おろくは甚兵衛の後妻となったのであります。女も無論忠実に仕へたものと思はれますが、さういふ境遇を経ているだけに子供がなく、家の中も淋し過ぎました。

甚兵衛は又も商用で会津に行き、今度は子供を欲しい欲しいといひ暮らしている妻のために愛らしい女の子を一人貰って帰りました。それが母を失ったばかりのお嘉志さん（甲子・賤子）であったのです。

そんなわけですから、女史は極めて無知な養母の手に育てられましたが、さすがは新知識の横浜だけあって、当時野毛山にあったミス・キダー（後ミセス・キダー）の学校に入れられ、八歳から西洋流の教育を受けました。そして自分の無学を悲しんでいる養母は、教育の一切をミス・キダーに委ね、家庭では格別躾らしいこともしなかったやうであります。そのせいかちひさい時はなかなか我儘で、また怠けぐせがあり、それが物質的にも甘やかされて、衣類など贅沢なものを身につけてゐるので、一層目立ったといひますが、この境遇ではさもあらうと思はれ、善良で石女の養母の可愛がりやうも見えるやうであります。」

賤子の長男の荘民は、勝次郎が直接に山口屋和助に頼んだのであろうと記しており、肉親としてそう思いたいのはわかるものの、はたして黒光が、のちに作った物語といえるかどうか。

ふと思い出されることがある。

館山・「かにた婦人の村」コロニーにある「従軍慰安婦」追悼の木碑を訪ねたおり、今は亡き深津文雄施設長が、碑にまつわる話のなかで、若松賤子に言及されたのだった。

「『小公子』を訳した若松賤子は、会津戦のなかで、遊廓に売られたのです。賤子のペンネームはそこからきています。遺族が堅くそのことを封印してしまったが、その証拠となる文書の在り処を私は知っています。いつかそのことも調べなおさなければいけないのです。」

いきなり飛び出した話に賤子訳『小公子』が好きな私は、ハッとしたものの、もともと伺った目的が、碑や碑を建てるに至った城田すず子の体験（ともに南方の島で痩せこけた軍人たちに犯され、ヘイタイコロシタイヨウ、クニニカエリタイヨウと嘆きながら死んでいった朝鮮人「慰安婦」が夢に出てきてうなされる）についてであったため、深く突っこんで尋ねることもなく、聞き流してしまったのが今は惜しまれる。

ただ、黒光が、書いているとおり、養母おろくは貧ゆえに遊廓に売られた福島の娼妓だったのではあるまいか。また、大川甚兵衛の侠気に喜んで堅気にもどっていった二人は、おそらく肉親を失い路頭に迷って遊廓に身を落とした会津士族の娘だったかと推し量られる。

筆者の相馬黒光は、夫、相馬愛蔵とともに新宿中村屋の創設者。彼女について語ればそれは長くなってしまうので、省くとして、一八九五年、黒光が念願の明治女学校に入学、下六番町の寄宿舎に入ったころには、賤子は三十一歳。すでに以前からの結核が進行していて、賤子と会うことをひそかに期待していた黒光も、その姿を垣間見るだけであった。

黒光もまた、仙台藩の評定奉行などを務めた祖父を持つ出自。戊辰戦争で敗れた会津には共感があり、困苦のなかからすばらしい教養を身に付け、しかも栄華より困苦を選んだ賤子の生き方を憧憬していたにちがいない。

2

さて、七歳（一八七一年）の賤子に戻ろう。

見知らぬ土地でふさぎがちな賤子を心配したおろくは、自宅近くのプロテスタント宣教師メアリー・エディ・キダーが創設した英語塾に、奉公人の娘を付き添いに付けて入学させる。賤子はこの塾で、讃美歌、聖書の教えを通じて英語を学ぶ。キダーは、日本初の女性宣教師であり、賤子入学の前年に、ヘボン式ローマ字の考案者ヘボン塾の女生徒を引き継ぎ、塾を開校（のちにフェリス女学院）したばかりであった。

戊辰戦争前、会津士族としての質素できっかりした暮らし、戦中・戦後の不安定で極貧の暮らし、横浜での贅沢な暮らし、聖書との出会い、幼子の生活はわずかの間に二転、三転したのだった。

激変する暮らしに幼い賤子はこの頃、勉強意欲もわかず、いやいや塾に通っていたらしい。

ところが、養女になってから三年目の一八七二年十一月、山県有朋との縁で、「陸軍御用達」を一手に引き受けていた甚兵衛の主人、山城屋が倒産する。生糸相場に失敗した山城屋和助が、ヨーロッパの生糸相場をさぐりに陸軍の公金でパリ視察し、豪遊したことで糾弾され、自刃したのである。公金を和助に貸した山県有朋は、わずかののち、帰り咲いて陸軍卿にのぼりつめていくのだが……。

かくて大川一家は一挙に零落し、東京・下町に引っ越していく。賤子の運命はまたもや急変してしまったのだ。

八歳から十歳の三年間、幼い賤子は、唇をかみしめながら、再度の逆境に耐えていたか。

そのまま、得難い才能も地に埋もれてしまうかとおもわれたところ、キダーが、横浜に新校舎を建てフェリス・セミナリーを開校。その寄宿舎に、賤子は、給費生として学ぶことになったのだった。

キダーに賤子を託したのは、すでに再婚し、一子も設けていた父の勝次郎であったろうか。自身は再婚したといえ、風来坊であり、賤子を養育することは到底無理であったゆえ。

のちに、賤子は「子供について」という一文で、おろくへの激しい怒りを持った一挿話を記している。

九つのとき、子どもたちの間では、きれいな端切れを集めることが流行っていた。賤子がとてもうらやましくおもっていたところへ、友だちにちりめん細工の香箱をもらった。で、家へ帰ると、箱より端切れ欲しさに、そのちりめんを剥ぎ取ってしまった。

折悪くその日は、義姉（甚兵衛の実子）と賤子が争っていたりしたので、養母はそのための癇癪で、賤子の行為に怒り、彼女を紐でくくって折檻した。養母は一応賤子の言い分も聞いたのだが、端切れ欲しさに箱をこわすことなどあるはずもないと独断してしまった。

「一口にいえば思いやりがないので。幼な心の可愛らしいとおもへば思へぬことのない嗜好に、同情を持つことが出来なかったのでした。」「子供心の当惑と口惜しさは、今も骨髄に浸み徹って忘れられません」と。

大川一家にとって、賤子はこの時点でお荷物になっていた。というのも、大川家には、賤子より少し年長の先妻の女子がいたのだったから。

どちらも自分の子でない幼女を二人、にわかな貧乏暮らしのなかで面倒見ねばならないとあれば、おろくのイライラは察しられるというもの。先妻の子は、甚兵衛の実子だから立てねばならず、イライラは賤子にぶつけるしかない。

おろくは、自らは意識せず、相当荒れていたのだろう。端切れ欲しさといえ、友達がくれた香箱のちりめんを、ちぎってしまう賤子の行為も、ちりめんを買ってもらえないゆえの荒れにも見える。

この文中、おろくについて、賤子は「私ども両人を育てていた婦人（母に非ず、子を持ちしことなき人）」と突き放した言い方をしている。武士の子である賤子には、貧農ゆえ遊郭に売られた無知なおろくへの無意識の偏見があったのかもしれない。そして、そんなおろくとの接点を持たねばならなかった自分の運命への嫌悪。「賤子」というペンネームに屈折した心が見えてしまう。

（ここはわたしの家などではない。決して。わたしは武士の子ぞ、会津の子ぞ。）

おろくに折檻されるとき、きりりと口を結んで耐え、決して謝りはしなかった幼女の姿が目に見えるようだ。

（大川甚兵衛とおろくが引き取ってくれ、キダーの塾に通わせてくれたればこそ得られた幸福ながら、そのおろくについてのわずかばかりの感謝も、後年の賤子の文に一切ない。)
そのような賤子であればこそ、バーネット描く、孤児でありながら誇り高くやさしいエロル夫人と、その夫人に育てられ「生まれつき人を信ずる質」で「不思議に思はるる程の愛嬌」をもったセドリックが主人公として登場する、『小公子』に、とりわけ魅せられたのではなかったか。前篇自序の冒頭で賤子は言う。

「母と共に野外に逍遥する幼子が、幹の屈曲が尋常ならぬ一本の立木に指さして、『かあさん、あの木は小さい時誰かに踏まれたのですねい』と申したとか。考へて見ますと、見事に発育すべきものを遮り、素直に生ひ立つ筈のものを屈曲する程、無情なことは実に稀で御座ります。心なき人こそ、幼子を目し、生ひ立ちて人となるまでは真に数に足らぬ無益の邪魔者の様に申しませうが、幼子は世に生まれたる其日とは言はず、其前父母がいついつにはと、待ち設ける時分から、はや自から天職を備へて居りまして、決して不完全な端た物でも御座りません」

賤子にとってのホームは、十一歳から寝起きしたフェリス・セミナーで、それ以前のおろくを養母とする暮らしは、消したい記憶でしかなかったのか。
さらにその以前、避難行から養女になるまでの日々、ひょっとして娼妓にされるかもしれない日々は、生涯かえりみたくない暗黒さがあったのかも。

「幹の屈曲が尋常ならぬ一本の立木」とは、賤子自身を指していたろうか。

おろくはといえば、大川甚兵衛が死んだあと、しばらくすると路頭に迷う身となる。甚兵衛の友人で、同じ山城屋の家に関わりある青木某氏が、憐れにおもい、おろくを引き取り、面倒を見た。やがておろくが病み、青木氏は、我家の家計も思わしくなって、そのときすでに巌本夫人として名をなしてきた賤子に、援助を頼んできている。

ところが、高名であれ、巌本家もまた貧にあえぐ身であって、わずか七円しか出さなかったため、のちに家運挽回した青木氏は、たったあれだけのものを貰うのではなかったと残念がったという。

明治女学校の窮状を、くまなく知る黒光は、七円といえど「病身の女子がどんなに心苦しい出費であったか」と賤子のために弁護する。

なにしろその頃、キリスト教攻撃のなか、明治女学校の経営は苦しくなっており、教師の月給もわずか五円の安さ（当時、官吏になった二葉亭四迷の月給が三十五円）というありさまであったから。

ただ、黒光の文章は、賤子をかばう一方、金銭より精神を、と、巌本善治を夫に選び、貧をつらぬいたゆえの七円はわかるとして、とまれ五年間、養育してくれたおろくへの賤子の冷淡さを、チクリと刺してもいる。

萩原禄山にどんなに慕われても、夫の相馬愛蔵の浮気を知っても、貧しい生活をする気はなかったレアリストの黒光ならではの視点といえようか。

一八八二年六月、フェリス女学院を優秀な成績で終えた賤子は、卒業式で英語の卒業講演を行う。前年に初代校長のキダーは帰国、ユージーン・サミュエル・ブースが校長となっていたが、そのブースも、キダー同様に賤子の才能と精神の在りようを高く評価し、同校の教師に抜擢する。卒業と同時に、賤子は、生理学・健全学・家事経済・和文章英文訳解の四教科を担当することとなった。わずか十八歳だ。

社会的・経済的に自立をはたしたことで、それまでの「甲子」から志を称える意味の「嘉志子」に代えた。

同年七月には、ブースの避暑に同行して、父の勝次郎が戦った地、函館で夏を過ごしている。奇しくも船で函館へ向かうなかで、賤子は船の座礁という父と同じ体験をしている。

賤子の長男、荘民の証言によれば、勝次郎は、榎本武揚が指揮する幕府の旗艦に乗船、暴風雨に遭う。諜報役でその辺の海の状態にくわしい勝次郎は、蒸気を上げて沖へ出るよう進言するが、入れられず、ために船は座礁してしまった。

賤子たちの船も、突然岩にぶつかり、ほどなく大きな穴が開いて、水が入り、座礁してしまう。呆然としている賤子はなんとかボートに乗せてもらうことができ、助かったものの、どんなに怖しかったことか。

恐怖にふるえながら、旗艦を失ったという致命的な失敗に切歯扼腕する父を思いやらずにはいられなかったことであろう。

「滅多に出会うことのない体験をするよう、運命ずけられていたのです。」と英文で友人にその後、書き送った賤子。

函館では、五稜郭跡も尋ねたことであろう。そこで必死に戦い、敗れ、捕虜となってしまった父。賤子は、妹のみやから、官軍の捕虜となった父が、八畳の部屋に十六人押し込められ、後には六畳の間に三十六人も詰めこまれ、戦争より辛かったと聞いている。また、戦闘時、飛んできた敵弾が佩刀のつばを砕き、無数の細かい破片が左脇に食いこんでしまったため、入浴のさいチカチカと光ったことなども聞いていたのではなかったか。

でも、父が最後に戦った地を踏み、広々した大地を、ミッション・スクールの少女たちに案内され、散歩するなかで、ようやく苦い過去と決別できたのであったろう。

翌年、英語演習会では、堂々、『リア王』を、さながらイギリス人のように自在に朗誦、「会の白眉」と民権家の島田三郎に絶賛されたのだった。

同年、養父、大川甚兵衛が、失意のなかで死去。

また、実父の勝次郎が、妹の宮子とともに東京にいることをようやくに知った賤子であった（一八八五年、父の元へ復籍）。

翌々年（一八八四年）二十歳の賤子は、フェリスの増改築の落成式に、女子の権利について明快に主張し、来賓たちを驚かせる。

「女は余りにも長い間、不当な扱いを受け、権利を否定されてきました。尊敬すべき立派な伴侶として男と並び立つ真の地位を、奪われてきたのではないでしょうか。」
「日本も、文明の外形は既に模倣ずみです。しかしその真髄、若しくは文明の精神はとり入れられず、見習ってもいません。」

やがて夫となる明治女学校教頭の巌本善治が、講演者としてフェリスにあらわれたのは、賤子、二十一歳（一八八五年）のとき。善治は、「女学雑誌」をこの年に創刊しており、賤子は日本初のこの女性雑誌をすでに愛読していたから、生身の善治の火がほとばしるような講演を、憧憬をもって耳傾けたことであろう。

彼との結婚は、一八八九年（明治二二年七月）。中島信行・とし子夫妻を証人として横浜海岸教会でプロテスタントの伝統に則って行われた。そして結婚第一日、賤子は善治に自作の英詩を送り、おのが存念を伝えている。

花嫁のベール

一

われら結婚せりとひとは言う
また君はわれを得たりという
然らば、この白きベールをとりて

とくとわれを見給え
見給え、きみを悩ます問題を
また君を嘆かす事柄を
見給え、きみを怪しむ疑い心を
また君を信ずる信頼を
見給う如く、われはただ、ありふれし土
ありふれし露なるのみ
われを薔薇に造型せんとて
疲れて悔い給うなよ
ああ、このうすものを
くまなくうちふるいて
われとそいとぐべきや　見給え
わが心をとくと見給え
その輝きの最も悪しきところを見給え
昨日君が得られしものは
今日はきみのものならず
過去はわれのものならず

われは誇り高くして　借り物を身につけず
君は新たに高くなり給いてよ
若しわれ　明日きみを愛さんためには
（乗杉タツ訳）

ナイフのように鋭く、たった今、夫となったひとに突きつけられた誇り高い言葉。ノラになることを拒否し、今現に存在する自分自身から出発し、互いに高まりあっていくことにこそ結婚の意義を見出す。

さらに二番で賤子は歌う。

われらは結婚せり　おお　願わくは
われらの愛の冷めぬことを
われにたためる翼あり
ベールの下にかくされて
光のごとくさとくして
きみにひろげる力あり
その飛ぶ時は速くして

君は追い行くことを得ず
またいかに捕らえんとしても
しばらんとしても　影の如く　夢の如く
きみの手より抜け出づる力をわれは持つ

一番では「われはただありふれし土」と歌ったのに、たとえ夫であろうと屈服しない精神が自分にあることを高らかに言い放つ。早くから教師として自活してきていることからくる強さでもあり、会津藩士を父に持つ矜持でもあるだろう。

三番では、

いなとよ　われを酷と言い給うな
われを取るを恐れ給うな
生ある限り　われは君のものなり
きみの思うがままの者とならん

とトーンを下げているとはいえ、現在でさえ、このように花婿に迫る花嫁は珍しいのではないか。

「女学雑誌」への寄稿には「嘉志子」でなく、「若松賤」と記した謙虚さと、一方では誇らかに天に向けて羽ばたく二面性。それは賤子の魅力でもある。なにしろこの時、賤子は結核を患っており、結婚はやめたほうが、と善治に警告する友人もあったほどながら、賤子はそんなことなど気にも留めていなかったろう。

徳富蘆花の『不如帰』の主人公、浪子が結核を理由に夫の出征中に離縁され、「ああ、つらい、つらい、もう女などには生まれはしませんよ」と嘆きつつ死んでいく小説が、ひとびとの共感を呼び、ベストセラーになったのは、一八九八年～九九年。それより十年も早く、男女対等を宣言した女性がいたのだった。

結婚後、フェリスを退職した賤子は、家事の合間にさかんに翻案を始める。『小公子』の前に、原文一致体で翻案したのは、愛読していたプロクター詩集からの「忘れ形見」であった。

はて、プロクターとは？　浅学の私には、はじめてお目にかかる詩人なので、インターネットで検索してみる。凛々しく、すっと鼻筋通った女性の肖像画が出てきて、それがアデレード・アン・プロクター（一八二五～一八六四）。

父も詩人で、十代で最初の詩集を出版、十九世紀には版を重ねた詩人であり、ディケンズに高く評価され、ビクトリア女王から気に入られてもいた。

二十六歳のとき、ローマ・カトリック教徒に改宗、いくつかの慈善事業やフェミニストの運動に深く関わるようになる。「イギリス女性の新聞」創刊（一八五八年）に貢献、女性の経済と雇用の機会拡大に力を注ぐ。第三詩集『詩の花飾り』（一八六一年）は、カトリック教会女性と子どものための夜の逃避所のため出版されている。

慈善活動を精力的におこなうことで病に倒れ、結核で死去。享年三十八。

「ホームレスの貧しさ」という詩の一部がインターネットには載っていて、訳すと次のようだ。

まさにその街で　同じ時刻に
身を切る冷たさと　吹き荒れるみぞれのなか
戸口にうずくまるのは　母
その足元で震えている　子どもたち

物いわぬ母―だれが彼女の嘆願に耳傾けよう？
男たち　獣のような連中は　家のなか　でも彼女は
　戸口に
慈悲も憐れみもない街に　家もなく
真冬の夜が明けていくまで

自分が生まれた年に世を去り、女性の自立に力を尽くしたプロクター。賤子が共感したのもうなずける。

夙に「女学雑誌」に「第一部　女子教育の現状」で、早婚と年季奉公、女中にやられる習慣が、女性の就学を妨げていることを憂慮していると指摘し、「第二部　自立の手段」で、new era（新紀元）のもとにどんな職種が考えられるか検討、発表した賤子であったから。

「忘れ形見」は、そのプロクターの叙事詩「A New Mother」を翻案したもので、山口玲子が、詳しく記している。要約すると、伯爵の古城の門番をしていたウォルターじいさんに育てられた、船乗り志望の孤児が、自分を可愛がってくれた城主の奥方への思慕を語る物語。実は奥方は実の母で、夫を亡くしたあと、城主に権力づくで再縁させられ、母とは名乗れないのだった。

賤子は、古城を会津若松の城に、ウォルターじいさんは徳蔵おじに、奥方は伯爵夫人の奥さまに、孤児は日本の少年に置き換え、少年が一人語りする物語に仕立てたのである。

お城に二週間ばかり滞在するのが常だった奥さまのことを彼女の死後、思い出す少年。

「僕はモウ先ッから孤になってたんだそうで、お袋なんかはちっとも覚えがないんですから、僕の子供心に思ふ事なんざ聞いて呉れる人はなかったんですが、奥さま斗りには、なんでも好なことがいへたんです。」

「ホラ晴た夜に空をジット眺めてると、始めは少ししか見えなかった星が、段々いくらもいくらも、見えて来ますネー、丁度そういう様に、ぼんやり覚えてるあの時分のことを、考えれば考える程色々新しいことを思い出して、今そこに見えたり聞こえたりする様な心地がします。」

孤児同然であった自らの境遇を少年に重ね、母への思慕をみごとに描いた「忘れ形見」（一八九〇年一月、女学雑誌）は、当時の文学者たちに大きく注目される。

上田敏は、「「忘れ形見」を読んで泣かざる者は、不情の極也」（『無名会雑誌』）と評価、石橋忍月は『国民之友』に「文章の真摯にして掬愛すべき」との評を載せた。

随所にカタカナを織り混ぜた独特で香り高い文体を、賤子は独力で編み出したのである。「忘れ形見」の次には、賤子は休むことなくテニソンの『イノック・アーデン物語』を翻訳、三月に発表。主人公はこれまた海辺に育った孤児。自らの幼児体験が、同種の物語に賤子を引き寄せるのであろう。

そして、同年八月から十一月にいよいよ『小公子』を発表していくのだからその旺盛さにおどろく（完結は翌一八九二年一月）。その間、九月には長女清子を出産、翌年十一月には長男荘民を出産しているのだから。黒光も記しているように、当然家事はおろそかになり、家のなかは乱雑をきわめていたようだが。

わずかに読んだだけでも、子どもの私が魅了された小公子セドリック。

「殆んど、不思議に思はるる程の、此子の愛嬌は、多分、少しも恐気なく、容易く人に懐く処も在るのでせうが、これは生れ付、人を信ずる質で、人を思ひ遣る親切な心の中に、自分も愉快になり、人も愉快にし度いと思ふ天性に起るものと思はれます。それで、人の気を迎へることが大層早い方でしたが、是は両親が互いに相愛し、相思ひ、相庇ひ、相譲る処を見習って、自然と其風に、感化されたものと見えます。家に在っては、不親切らしい、無礼な言葉を一言も聞いたこともなく、いつも寵愛され、柔和く取扱われましたから、其幼い心の中に、親切気と温和な情とが充ち満ちて居りました。例へば、父親が母に対して、極く物柔らかな言葉を用ゐるのを、自然と聞覚えて、自身にも其真似をする様になり、又父が母親を庇ひ、保護するのを見ては、自分も母の為に気遣ふ様になりました。それ故、父がモウ帰らないことになって、母がそれを悲しんでゐる塩梅を見てとると同時に、サア、これからは、自分が一所懸命に慰めなければならないのだといふことを覚悟して、其心持になりました。」

そうして、亡き夫の思いを想像し、セドリックを祖父のドリンコート侯爵のもとへ送ることを決意した母、エロル夫人が、彼からの金子を断る毅然とした態度もまた、どんなにかステキに見えたものだった。

「全体、此家を頂戴するのも、子供の側に居るに上都合と申し丈で、余儀なくおうけをいたしたので、其外は、質素にさへいたしますれば、不自由はせぬほどの用意は御座りますから、金子のことは、先お断りいたし度うござります。侯爵さまが、私をさまでにお忌み遊ばす処ですから、若し金子を戴けば、どふやら、セドリックを金子に引返へる様で、心よく御座りません。」

ドリンコート侯爵はもちろん、脇役の万屋の亭主ホッブス、靴磨きのヂック、下女のメレ、代言人のハヴィシャムたちも、また、生き生きと描かれていて現に存在しているように思え、楽しかった。

3

それでは、賤子を魅了し、その翻訳によって多くの子どもたちを惹きつけた「小公子」の作者、バーネットとは、どんな女性だったのか。

国会図書館に問い合わせてみると、ニュー・ファンタジーの会『夢の狩り人』（イギリス女流児童作家の系譜4・透土社）という本が、一九九四年に出されたとわかった。

有り難い有り難いと感謝しつつ、九月の雨の日、出かけて行く。

借り出して読んでみると、期待に違わず、「小公子」の作家フランセス・エライザ・バーネットがまるごと分かる本だったので、うれしくなる。

生年は一八四九年十一月二十四日。生地は、マンチェスター。賤子は一八六四年三月一日生まれだから、十五年早い。

父は、室内装飾師兼家具屋、母は家賃集金人の娘で、家族は高級住宅地に住んでいた。

しかし、一八五三年、父の死によって一家は没落、下町サルフォードの粗末なビルの一室で暮らすことになる。近くにはニューベイリー監獄があるという環境だ。ときにフランセスは四歳。幼児に暮らしの環境が激変し、一挙に貧民街に放りこまれたところなど、賤子の境遇に類似している。

一八六五年、十六歳になったとき、アメリカに移住している母の兄ウイリアム伯父から誘いがかかり、一家（母、二人の兄、二人の妹とフランセス）は、ノースカロライナ州・ノックスビル郊外の丸太小屋に移住する。

翌年にはもう少しましな農家を借りて住むようになるが、十七歳の少女の希望は、ペン一本で稼げるようになりたいということ。

手始めに「心とダイアモンド」という作品を書いて、若い女性向きの雑誌「ゴディズ・レディズ・ブック」に投稿した。原稿を雑誌社に送る金さえなく、妹とともに森で摘んだ野ブドウを売って郵送費に当てたのだった。幸いにも作品は採用され、三十五ドルを得て、待望のペンで暮らしていく道がなんとか開けた。

一八七〇年、母が死に、二十一歳のフランセスが、妹二人を養うこととなる。さまざまな大衆紙に書き飛ばすだけの日々が続いた（その辛苦が「小公子」を生みだす下地ともなったのだが）。

ノックスビルの少女時代に知り合ったスワン・バーネット医師と結婚したのは、翌々年（一八七三年）。そして眼科医になりたいとのスワンの希望により、生まれたばかりの長男をかかえ、三人はパリへ向かう。

ここでも一家の養い手はフランセス。妹たちの養育もあり、月二本の作品を書く約束をしてパリへ行ったもので、さらに次男も誕生、「休息が必要とされる今も、まるで奴隷のように働いています」というありさま（ちなみにこの頃、十一歳の賤子はフェリス・セミナリーの給費生となっている）。

ようやくにフランセスが成功したのは、二十八歳になったとき。幼児期に過ごしたマンチェスターの下町に舞台を取り、炭鉱労働者の世界を、方言を駆使して描いた『ローリーんとこの娘っこ』が米英で同時発売され、好評を博したのだった。

やっと貧困から解放され、ワシントンに居をかまえる。

さらに、十年後（一八八六年）、『小フォントルロイ卿』の大成功をかちとる。

以後、「楽にお金を稼ぐ術を覚えたこの作家は、まるでペンに駆りたてられるようにして作品を書き続ける作品製造機から、性能のよいお金印刷機へと変身してゆくのであった。」と、著者の中野節子は記しているが、いささか辛口すぎる気もする。

『小フォントルロイ卿』は、ロンドン・ボストン・ニューヨークで上演され、セドリックの衣服はセドリック・スタイルとして大流行する騒ぎ。

フランセスは、マサチュセッツ通りに二二部屋もある大邸宅を購入した。アメリカン・ドリームが実現したのだ。

同じ頃、東洋の片隅で生まれた娘は、母校のフェリス・セミナリーの教師をつとめる一方、校内に「時習会」という文学会を創設、巌本善治がはじめた『女学雑誌』に寄稿するなど、精力的に活躍しはじめていた。こちらはあくまで清貧に徹し、精神の高潔をめざすという全く対極的な生き方で。

二人の接点ははたしてあるのか。

『小フォントルロイ卿』の成功について、中野節子は次のように分析している。

「当時微妙な主従関係の転換を強いられていた英米二つの国々の人々をそれなりに満足させて、しかるべきところに収めてしまうところが、発売当時の爆発的人気の大きな原因になったと思われる。」

粗野ながら人情厚いホッブス、靴みがきのヂックに代表されるアメリカ。

老侯、代言人のハビシャム氏、パーティのヘルベルト嬢に代表されるイギリス。

二国の対比は、江戸時代から一挙に国家主導の資本主義国へと変貌しはじめたばかりの日本にあっても、受容されやすく、英米二国を知る新鮮さもあったのではないか。

その二国をつなぐ役割を担うセドリックと母のエロル夫人。

「両親が互いに相愛し、相思ひ、相庇ひ相譲る」理想の家庭に育ったことで、「親切気と温和な情とが充ち満ち」た少年となったセドリック。

セドリックの父に出会うまで、「この広い世界に、たった一人で、身寄りも何もなかった」ため、自活して暮らし、でも優しく誇り高い心を失わなかったエロル夫人。

両人は、一家を支えて暮らしの糧を得るためにがつがつと書き飛ばし続けねばならなかったフランソワにとっては、虹の彼方にあるあらまほしい理想像であったろうし、賤子にとっても、わが幼年時にはかなえられなかった夢の母子像であったと思われる。

そして無教養のおろくに比べ、あまりに早く逝ってしまったことで賤子のなかで理想化されてしまった実母の面影をエロル夫人のなかに見たのでは？

賤子の並外れた聡明さは、父のみならず、母にも依っていようから、実母とエロル夫人との重ね合せが強引ともいえない。

自分を忌み嫌っている老侯の仕送りをきっぱりと断りつつ、老侯の自分への偏見をセドリックには決して告げない、エロル夫人の聡明で信仰厚い姿は、一時期、金はふんだんにありながら、無知なままに心棒がなく、貧するや自分に冷たく当たったおろくの営む家庭に比べ、とりわけ賤子の心を魅了し、会津士族のつましくとも真直ぐな暮らしに重なり合うものがあったと思える。

頑固一徹な老侯の心が、無心なセドリックに接してほどけていくさま、にせフォントルロイの出現など、読者を引っ張っていく巧みさは、さすがにまぐれでペンの道を歩いてきたのではないといわう、プロ作家フランソワの意気込みが伝わってくるようで、海の向こうでベストセラーになったばかりの本書に、賤子もまた、一読者として魅せられ、翻訳したい意欲に駆りたてられたのであろう。

フランソワは、『小フォントルロイ卿』発刊の二年後には、『セーラー・クルー、またはミンチェン学院で何が起きたか』を雑誌「セントニコラス」に発表、賤子はこの作品も「セイラ・クルーの話」と題して雑誌『少年園』に連載を始める（一八九三年）が、それから三年後には世を去ってしまったため、未刊に終わる。

『セーラー・クルー、またはミンチェン学院で何が起きたか』は、十七年後、大幅に加筆され、『A Little Prnicess』(小公女)と題名を変えて発刊されている。

主人公は、母を幼児に失ったセーラ・クルー。

植民地インドで、大富豪の父との暮らしから、七歳になったことで、父の故郷ロンドンにあるミンチン女子学院に入学。多額の寄付をした父のおかげで、はじめはミンチン院長にちやほやともてはやされて暮らすうち、父の訃報と破産の知らせが届き、にわかに屋根裏部屋の使用人扱いとなってしまう。

それでも、空想する力によって、めげず、逆境に立ち向かうセーラ。同じ境遇となった皿洗いのベッキーを励まし、家族へパン屑をもちかえるねずみ、メルキゼデクとの稀有な友情。

空想なしでは生きていられず、飢えていてももっと飢えている乞食の子に、葡萄パンをやらずにはいられなかったセーラに、賤子はどんなにか共感したのではなかったか。

のちにセーラの父の死と破産は、間違いであったことが判明し、大団円を迎え、物語は終わる。

フランソワの生没年は一八四九〜一九二四年、賤子とちがい、長命であった。

ただ、長男ライオネルの夭折、スワンとの離婚、俳優志望の十歳年下のスティーブン・タウンゼント医師との結婚と、ほどなくの破婚。金はふんだんにありながら、実生活は幸せとはいえなかった。

それでもイギリス・ケント州のロルベルデン村のメイサム・ホールという旧い館を借りて、好みのバラ園に作り替えたことで、第三の名作『秘密の花園』が誕生する（一九〇九年）。

ここでの主人公も、また、両親をコレラで失った設定の、少女・メアリー・レノックス。ヨークシャーにある伯父の家に引き取られたメアリーは、孤独ななか、亡き伯母が死んだあとは閉じられていた荒れ放題の庭を見つけ、病弱の従兄コリンとともに、その庭をすばらしい花園に変えていく……。

黙子が生きていたら、またあの独特な文体でみごとな翻訳をしていたことだろう。

しかし、栄養がなにより必要という肺結核にかかりながら、賤子の日常は厳しかった。

「女史は病軽からず、しかも保養には全く不適当な校舎の日当たりのわるい平屋に寝てをられて、時々廊下に憔悴した姿が見えるばかり、私はつと胸躍らせて二階から失礼だと思ひながらも見下ろすのでしたが、その広い智識的な額をおほふた髪のおのずからなうねりまでが今でも忘れられない位高踏的な感じで、不用意な餘所ながらの印象にも、充分のインスピレーションがありました。」

当時、明治女学校の生徒だった相馬黒光は記している。

死の前年、賤子ははじめて自作の物語を「少年世界」に発表した。

山口玲子の紹介を読むと、それは次のような作品であった。

裁縫がきらいな少女が、透綾の前掛けを膝の上にひろげて文句をいいながら、しぶしぶ端をくけはじめたところ、背の曲がった老人が向こうに立っていて、呪文をとなえる。

「前掛の生るてふ国へ行いて見ん」と。

指貫を親指にはめて三度呪文を唱えると、少女は見知らぬ国へ来ていた。

広々とした着物園は、どの樹にも、さまざまな着物や帯、手袋、帽子、ハンカチが生っている。あちこちさまよい歩き、荷車いっぱい、好きなだけ土産をもらって帰ろうとすると、親に無断で来たものは帰れないと老人が気味悪い笑いを浮かべる。

少女は泣き泣き、ふと思いついて、

「前掛の生らぬ国へと行いて見ん」

唱えると、家の縁側に戻っていたのだった。

フランソワと同じく賤子にも、ふしぎな想像力が備わっていたのであり、二人の共通点といえよう。

二人のもう一つの大きな共通点。それは、病身を押して書き魔だったということ。

夫の巌本善治は、友人の岩波茂雄が『小公子』を岩波文庫に入れてくれたとき（一九二七年）、後序のなかで次のように記している。

『小公子』を翻訳するころには、「年中夜具も敷づめで、大祭祝日の外は、床上げも致ませんから、子供等はソレを常の事に思って居ました。然し筆を執る時は、起き上がって机に向ひ、スラスラと楽に書き了り、女学雑誌の一回分四五頁位は、只譯もなく書く様でしたが、其前後には寝乍ら色々に考へたものと見え、一語一句の相当な譯語を定めるにも、随分と長く掛った様です。

一方、フランソワの次男、ビビアンは、母について、

「生活のスタイルは、その大部分が生涯にわたる半病人のような彼女の健康上の理由から、自ずと形作られたものなのである。すなわち彼女はベッドで朝食をとり、ほとんど終日をそこで過ごしていたのだった。（略）痛みがあったり、ベッドに入っていなければならない時も、仕事を制限することはなかった。」

と。病気と絶えず闘いながら、男性たちもなまなかでない厳しいもの書きの道に立ち向かい、倦むことなかった二人の女性に、心からのエールを送りたい。

一八九六年二月、『日本伝道新聞』に、「New Field Japanese Womenn」を連載しはじめ、男女不平等の日本にあって、絵画あるいは教育、書、医学、あるいは目立たない場所等々で、新たな道を切り開いた女性たちを顕彰しだした賤子。

しかし、二月五日、転居したばかりの明治女学校内校長舎が火災に遭うという苦境をなめ、弱っていた体は耐えられなかったのであろう、五日後、心臓麻痺で他界。わずか享年三十三。

翌日、仮寓先で葬儀が営まれ、染井墓地に遺体は埋められた。夫、三人の子どもたち、友人たちに見守られて。

明治女学校生徒たちが、葬送曲を合唱した。

三月二十一日には、東京青年会館大講堂で追悼会が開かれ、二百人が参列した。

賤子は、葬式は公にせず、伝記は書かず、墓にはただ「賤子」と記してほしい、人が問えば、一生基督の恩寵に感謝した婦人とのみ言ってほしい、と夫に遺言している。善治はその遺言を守り、染井霊園の墓碑には、「賤子」とのみ彫った。

同時に、墓地の大樹の下に、賤子の著作草稿一切を収めて密封した壺を埋葬とともに埋めたと、長男の荘民は証言する。

賤子の墓を、染井霊園に尋ねる夢を見た。

霊園に向って歩いていると、小太りの女性が花束を抱えて前方を歩いていく。あ、賤子の墓を訪ねるひとだな、とわかり、後を付いて行く。

霊園の道は次第に細くなり、茫々と草が茂っていて、さびしいところだな、と呆れる場所に、墓が三つ並んでいて、右側が賤子の墓だった。三つとも、丈、小さく、崩れかかっている。

それぞれに、がやがやと線香を手向けているひとたちがいて、いずれも縁者なのであろう。小太りの女性は、人びとに混じって、賤子の墓に花を供えている。このひとの住所を聞いておけば何かと賤子のことがわかるだろうと思いながら、少し後ろでひとびとの参拝が終わるのを待つ。ひとびとが去ったあと、賤子の墓にお参りする。みなはどこに行ったかと見ると、右側に大きな円丘があって、そこを取り巻いているのだった。

円丘の上に戦支度をした若者たち数人の彫像があり、悲憤しているように見える。ああ、戊辰戦争で西軍と戦い、敗死した若者たちを祀っているのか、とわかり、近づいてみる。

小太りの女性はいつの間にかいなくなっていて、しまった、住所を聞きそびれてしまった、せっかく賤子のことがもう少しわかる機会を逃がしてしまったなと悔やみつつ、ぼんやり立っているところで、目が覚めた。

これはやはり染井霊園を訪ねねば、と思い立ち、出かけて行く（二〇一六年四月二十六日）。駒込駅北口から七百米ほど歩いて、霊園に突き当り、管理事務所で案内図をもらい、ついでに巌本善治・賤子夫妻の墓の在り処を教えてもらう。

案内図の裏面には、六十七人の著名人の墓石の位置が記してあるものの、夫妻の墓を訪ねてくるものは少ないらしく、管理人の方は、「ええと、1種イ4号13側の場所は？」と探りながら見つけてくださる。

巌本家の墓所は、広く、クチナシやアカメモチの樹木の垣に囲まれて、中央に善治、隣に賤子の五輪塔が同じ大きさで並んでいる。

左脇の低い墓石には、夫妻の長男、荘民、その妻のマーグリート（米人）、二人の長女、巌本真理（幼年期の名はメリー・エステル）が眠っている。音楽に疎い私でも知っている名ヴァイオリニスト、巌本真理は、賤子の孫娘であったのだ。

夫妻の隣は、善治の父母の大きな墓。

右脇には、賤子亡きあと、荘民たちを育てた賤子の妹、島田美耶の墓。

そうか、この墓の下に、賤子が記した一切の原稿は眠っているのか、その原稿を取りだせば、幼少の賤子の隠された履歴の一切がわかる、と、かにた婦人村の深津施設長は言われたのだな、と感慨深く墓石を眺める。

（嘉志子）でなく、（賤）とだけ刻んでほしい、基督の恩寵に生涯感謝していたとの賤子の遺言。その真の想いは、ひょっとして善治だけが知り、固く秘したのだろうか。ならば、ほじくり返すべきではないのだろう。

独特の文体で、子どもの心に深い情緒を与えてくれた『小公子』の訳者、夙に女性の権利をまっすぐに主張した賤子に、一礼し、夕暮れの霊園を後にした。

西坂　豊　東洋平和主義者の自決

はて西坂豊ってだれ？　読者は思うでしょう。私にしても、この人物の名を目にしたのは、黄玹著・朴尚得訳『梅泉野録』だったわけで。

黄玹《ファンヒョン》についてちょっと紹介しておくと、朝鮮時代末期の儒学者。一八五五年生。号は梅泉《メチョン》。幼くして才智にあふれ、教師は奇才だと言った。科挙に合格したが、世になすべきことがないのを知り、故郷の全羅南道求礼《クレ》に戻り、後進の育成にあたる。その間、かつて書を離さず、綾のある詩文を作ったといわれる。

編年体で記述した歴史書『梅泉野録』を執筆、日韓併合条約締結（一九一〇年）を知った一週間後、服毒自殺。一九一〇年九月七日、享年六十五。

そのさいに遺した「絶命詩」は、『慶南日報』に掲載され、筆禍事件を起こしている。

その詩は、訳では以下の通り。

乱にまきこまれ　白髪年となった
いくどか生を捨てようとしたが　果たせなかった
今日は　本当にどうしようもない
風に揺らぐローソクの火が　蒼天を照らしている

妖気が掩ひかざし　帝の星が移った
九重の宮殿の夜はふけゆき　昼になるのが遅い
詔勅は今より再び有ることなく
一枚の美しい玉の紙に　涙さめざめと果てしない

一九六二年に韓国政府から建国勲章国民章が追叙される。自宅跡には祠堂・梅泉祠が建てられ、遺品が展示された遺物館もあるとのこと。

さて、抗日義兵の消息や儒学者たちの日本政府への抗議文なども数多載せられた『梅泉野録』の一九〇六年の項に、西坂豊についての記述があって、おや？　と目を見はった。

西坂　豊

記述によると、西坂豊は、儒士。「平和の義を主唱し、東洋を歴遊。韓国・清・日は、相互に助けあうべきだ」と世人に勧告してまわっている。

伊藤博文・長谷川好道らの専行暴虐を見て諫言するも聞き入れられなかったため、死んで自ら明らかにしようと、楼閣から身を投げたが、死ねなかった。

「五大州大衆に対し、数百言陳説し、ついに自ら刺して死す。」と。

え、そんな人物がいたとは！　伊藤博文は韓国統監、長谷川は韓国駐箚司令官。その人びとに直言できるということは、単なる野人のぺエぺエではないはずだ。

それが、日本の歴史から完全抹殺されたらしいのは、何故だろう。

インターネットで調べてみると、わずかに安重根義士記念事業会責任役員という肩書の申雲龍氏が、「日韓平和主義者たちのモデル―安重根と西坂豊―」という論文を（かながわ歴史教育を考える市民の会）会報に発表しているのが目に留まった。

氏は、「日本にも安重根に次ぐ東洋平和主義者がいた」として、西坂豊の名をあげる。

「彼は当時日帝の侵略行為を合理化する理論に過ぎなかったアジア連帯主義に盲従していた部類の人間とは全く異なる人物であった。」として、彼について知り得たことを記している。

資料は、当時、彼の自害について掲載した『大韓毎日申報』の雑報によるところが大きく、「志士自殺」「梅窓美酒」「西湖過客の弔詞」「西坂處義」「弔西坂豊氏」と一九〇六年十二月二十一、二十二、二十四日に記されているとのこと。

他には、『梅泉野録』と『大韓自強月報第7号』（一九〇七年）、『公立新聞』（一九〇七年二月二日）

しい。

『渚上日月』（民族院・二〇〇三年）に、「志士自殺」あるいは「西坂處義」などで紹介されているら

結果として彼の履歴についてわかっていることは、一八七九年愛知県に生まれ、早稲田大学、正則英語学校を卒業したということ。

行動としては、東洋平和のため、韓国独立の主張を展開すべく、ソウルでの通信社の設置を要請したが、統監府の妨害により実現できなかった。そこで、伊藤博文に侵略行為を非難する書信を送るも無回答。

ついに、伊藤の侵略政策に対する反対意思をはっきり伝えるための手段として、一九〇六年十二月六日、泥峴（現在の雲泥祠）不知火旅館で割腹自殺している。

『大韓自強月報第7号』『公立新聞』はともに、「五条約ヲ見テ韓国ノ危害ノミナラズ東洋平和ノ一大不幸ナルニ際シ伊藤博文ニ書ヲ致シタルモ、遂ニ不如ヲ痛恨シ泥峴ニテ墜死シタリ」と西坂を賞賛している。明治天皇に上奏したが聞き入れられなかったため、鬱憤を耐えきれず、割腹自殺したとの説もある。但し、これは二〇〇三年の『渚上日月』にある記事だから、信用してよいかどうか。

申氏は、「日本人の中に西坂豊がいることに声を上げて泣かざるを得ないことを吐露する」と結んでいる。

ちなみに、中国人にも自殺者がいた。すなわち日本留学を終えて帰国途上にあった潘宗禮（四十

三歳）は、船が仁川に着いたとき、乙巳保護条約の知らせを聞いて、「韓・日・中は、唇歯の関係であり、韓国が滅びれば中国も危うくなる」と黄海に投身自殺している。

一九〇六年はどういう年かというと、前年、日露戦争に勝利、日露講和条約を結んだ（九月）日本は、十一月には早速に第二次日韓協約を韓国に強要、韓国の対外関係は日本の外務省が処理するとし、京城に統監府を置いている。

このとき、高宗皇帝の外戚で半世紀にわたって仕えた閔泳煥は、国民に告げる次のような書を遺して自死している。

「ああ、国の恥、民の辱め、ここに至った。

わが国の人民は、ゆくゆく生存競争のなかで、まさに珍滅されようとしている。それ、生を全うするものは必ず死に、死を期するものは、生を得る。諸公、どうして悟らないのか。ひとり閔泳煥は、ただ一死をもって仰いで皇恩に報い、わが国二千万同胞兄妹に謝する。閔泳煥は死んで死なない。九泉の下で、諸君を助けることを期している。

幸いにしてわが同胞、千万、倍化して奮励し、士気を堅め、学問に励み、心を結び、力を合わして、わが国の自由独立を回復するならば、死者は当然、冥界のなかで、笑みを含むであろう。」

黄玹は、彼について「長身でほっそり、面は白皙で、両眼は光っていた。欧米から帰り、天下の大勢を研究、国が日増しに非なのを恨み、皇帝の前に至るたびに極諫。欲薄く権勢利益を思わなかった。凛然として烈士の風があった。」と顕彰している。

閔泳煥の葬儀には、高宗も階段を下りて敬礼、各国の公使、領事たちも弔意をあらわした。街頭では、人びとが街を埋め、慟哭して送り、その声が原野を震わしたという。

得進官の趙秉世も、日本に拘禁され、一晩ののち釈放されてからアヘンを飲み、自死している。

「国民に告げる書」は次のようだ。

「ああ、強隣は、誓いを変えて背き、賊臣は国を売っている。五百年の宗社の危ないことは、旗の飾りのようである。二千万生霊は、ゆくゆくまさに奴隷のようにされようとしている。

どうして国が亡び、今日、このような恥辱を見るに忍べようか。

これは、まことに、志士が血を流し、忠臣が啜り泣く時である。

趙秉世は、まことに憤って激する所、力量をはからないで、密封して書を上げた。宮中の門番に叫び、闕外で藁にしとねし、まさに国権のすでに移ったのを挽回し、生霊を極めて危うい所の阽危《えんき》から救おうとした。

しかし、事は聞き入れられなかった。大勢はすでに去った。ただ一死もって、上は国家に報い、下は衆人に謝する。しかし死んでも恨みはある。」

趙秉世は、宰相時、事にあうと諫言、高宗も「彼は正直で意思を曲げない」と左右の者に言い、当たっていた。とかく、いくら名声があがっても宰相になるや、たちまち崩れ落ち、以前の清廉を失うものだが、彼だけは違った、と黄玹は記す。

一九〇六年二月一日、韓国統監府開庁。同年二月九日、韓国に駐箚する日本憲兵は、軍事警察のほか、統監の指揮を受けて行政警察・司法警察をも司る旨公布の勅令。

三月九日、統監伊藤博文着任。四月十七日、韓国統監府、保安規則を定める（治安取締につき規定）。当然にも韓国では、全国各地で、反日義兵運動が猛然と起こったが、圧倒的軍事力で日本軍はこれらを鎮圧していった。

韓国民衆からも敬慕されていた大儒者、崔益鉉《チエイクヒョン》が挙兵するも逮捕され、対馬に送られたのは一九〇六年六月。

六月二十六日、韓国における裁判事務に関する法律公布（司令官は陸軍大将または中将、天皇に直属、統監の命令あるときは兵力を使用できる権限を持つ）。

九月一日、関東都督府、笞刑執行および笞刑囚人処遇を定める。

十月十九日、伊藤統監、韓国政府と、森林経営に関する共同協約に調印（鴨緑江・豆満江沿岸の森林は日韓両国政府の共同経営とする）などなど。

こんな時期に切歯扼腕して、西坂豊は、東洋平和は日韓中が手を握り、欧米諸国に立ち向かうことだ、と韓国に滞在する日本人に向けて走り回り、説得を試み、全く入れられず、悲憤のあまり自決したのであろう。

そして、伊藤らは、この事実、彼が訴え続けた果ての諫止を、日本国民に知られたくなくて、箝口令を布き、その報道を一切禁じたのにちがいない。

西坂豊の死から一〇一年後、ようやくその名、その主張を知り、わずかながら香華を手向ける。

あとがき

滔々たる河の流れのなかで、ふと目を凝らせば見えてくるのは、流れに抗いながら、鮮やかな渦を巻いて、岸辺に新しい風を吹きつけていった、なぜか懐かしいひとびとの姿です。ますます怪しげなひとの世ながら、その風に乗って、笛を吹くひとときを、ご一緒できたらとおもいます。

先に上梓した『てこな―女たち』と同じく、林嗣夫氏・小松弘愛氏主宰の詩誌「兆」に連載させていただいた作品を（小松氏には詩誌掲載のたびに校正の労をかけました）、これも同じく西田書店の日高徳迪氏のお骨折りで、上梓することができました。

諸氏に心から感謝いたします。

２０２０年・水無月

石川逸子

【参考文献】

佐伯の末裔
谷川健一『白鳥伝説』上・下巻（小学館ライブラリー）
今瀬文也・武田静澄『茨城の伝説』（角川書店）
千世童子
「陸奥話記」（『群書類従』）
北畠顕家
『増鏡』（日本古典文学大系・岩波書店）
北畠親房『神皇正統記』（日本古典文学大系・岩波書店）
新野直吉『古代東北日本の謎』（大和書房）
『太平記』（新潮日本古典集成）
高橋富雄『奥州藤原氏四代』（吉川弘文館）
『吾妻鏡』（岩波文庫）
梅津一朗『神風と悪党の世紀』（講談社現代新書）
藤原亥次郎監修『〈写真集〉中尊寺』
「梅松論」（『群書類従』）
「保暦間記」（『群書類従』）
『方丈記』（新日本古典文学大系・岩波書店）
ネット・「南部家の支配」

ネット・「検断職・南部師行」

武田松姫

花田清輝「鳥獣戯話」（『花田清輝著作集Ⅶ』未来社）
河辺リツ『信松尼』（文芸社）
近衛龍春『織田信忠』（ＰＨＰ文庫）
塙保己一編纂「甲乱記」（『続群書類従・第二十一輯上』）
塙保己一編纂「武田勝頼滅亡記」（続群書類従・第二十一輯上）
ネット・「武田氏とそのゆかりの人たち」
ネット・「松姫伝説の古道」

堀ろく女

三浦理編集発行『新選書翰集』（有朋堂文庫）
窪田空穂・窪田章一郎訳『古今和歌集・新古今和歌集』（河出書房新社）

玉蟲左太夫

玉蟲左太夫・山本三郎訳『仙台藩士幕末世界一周―玉蟲左太夫外遊録』（荒蝦夷）
上野繁樹の21世紀探訪「フランスの田舎から世界を見ると」（ブログ）
中山治一責任編集『世界の歴史』（中公文庫）
石川逸子『オサヒト覚え書き』（一葉社）
星　亮一『戊辰戦争と仙台藩』（大崎八幡宮／仙台・江戸学実行委員会）
栗原伸一郎『幕末戊辰仙台藩の群像』（大崎八幡宮／仙台・江戸学実行委員会）

【参考文献】

玉峯上人

『明治維新神仏分離資料集・第四巻』（名著出版）

松枝茂夫『中国名詩選・下』（岩波書店）

若松賤子

ニュー・ファンタジーの会『夢の狩り人』（透土社）

相馬黒光『明治初期の三女性』（厚生閣）

山口玲子『とくと我を見たまえ―若松賤子の生涯』（新潮社）

バーネット著・若松賤子訳『小公子』（博文館版／岩波文庫）

バーネット著・畔柳和代訳『小公女』（新潮文庫）

バーネット著・山内玲子訳『秘密の花園』（岩波文庫）

西坂　豊

黄玹著・朴尚得訳『梅泉野録』（国書刊行会）

申雲龍「日韓平和主義者たちのモデル―安重根と西坂豊」（かながわ歴史教育を考える市民の会）

石川逸子（いしかわ　いつこ）
一九三三年、東京生まれ。
〔主な著書〕
『日本軍「慰安婦」にされた少女たち』（岩波ジュニア新書、二〇一三年）『てこな―女たち』（西田書店、二〇〇三年）『ぼくは小さな灰になって…。あなたは劣化ウランを知っていますか』（共著、西田書店、二〇〇四年）『〈日本の戦争〉と詩人たち』（影書房、二〇〇四年）『オサヒト覚え書き―亡霊が語る明治維新の影』（一葉社、二〇〇八年）『オサヒト覚え書き追跡篇』（一葉社）『道昭』（コールサック社、二〇一六年）
詩集『狼・私たち』（飯塚書店、一九六一年／第十一回H氏賞）詩集『定本・千鳥ヶ淵へ行きましたか』（影書房、二〇〇五年／初版は花神社、一九八六年／第十一回地球賞）詩集『ゆれる木槿花』（花神社、一九九一年）

歴史の影に　忘れ得ぬ人たち

二〇二〇年八月一五日　初版第一刷発行

著　者　石川逸子
発行者　日高徳迪
装　丁　桂川　潤

発行所　株式会社西田書店
東京都千代田区神田神保町二―三四　山本ビル
TEL　〇三―三二六一―四五〇九
FAX　〇三―三二六二―四六四三
http://www.nishida-shoten.co.jp

印　刷　平文社
製　本　高地製本所

ISBN978-4-88866-652-7　C0023